百部红色经典

咆哮了的土地

蒋光慈 著

北京联合出版公司
Beijing United Publishing Co.,Ltd.

图书在版编目（CIP）数据

咆哮了的土地 / 蒋光慈著 . -- 北京：北京联合出
版公司，2021.3（2023.11重印）
（百部红色经典）
ISBN 978-7-5596-4846-4

Ⅰ.①咆… Ⅱ.①蒋… Ⅲ.①长篇小说—中国—现代
Ⅳ.① I246.5

中国版本图书馆 CIP 数据核字 (2020) 第 254962 号

咆哮了的土地

作　　者：蒋光慈
出 品 人：赵红仕
责任编辑：徐　鹏
封面设计：赵银翠

北京联合出版公司出版
（北京市西城区德外大街83号楼9层 100088）
北京新华先锋出版科技有限公司发行
三河市新科印务有限公司印刷　新华书店经销
字数176千字　　787毫米×1092毫米　1/16　13印张
2021年3月第1版　2023年11月第4次印刷
ISBN 978-7-5596-4846-4

定价：49.00元

出版前言

为庆祝中国共产党成立 100 周年，全面展现中国共产党成立以来中华民族辉煌的发展历程、取得的伟大成就和宝贵经验，集中体现中华民族的文化创造力和生命力，北京联合出版公司策划了"百部红色经典"系列丛书，希望以文学的形式唱响礼赞新中国、奋斗新时代的昂扬旋律。

本套丛书收录了近一百年来，描绘我国人民在中国共产党的领导下艰苦奋斗、开拓创新、改革开放的壮美画卷，充分展现我国社会全方位变革、反映社会现实和人民主体地位、弘扬社会主义核心价值观、讴歌中华民族伟大复兴中国梦的 100 部文学经典力作。

本套丛书汇集了知侠、梁晓声、老舍、李心田、李广田、王愿坚、马烽、赵树理、孙犁、冯志、杨朔、刘白羽、浩然、李劫人、高云览、邱勋、靳以、韩少功、周梅森、石钟山等近百位具有代表性的中国现当代著名作家。入选作品中，有国民革命时期探索革命道路的《革命的信仰》《中国向何处去》，有描写抗日战争的《铁道游击队》《敌后武工队》《风云初记》《苦菜花》，有描绘解放战争历史画卷的《红嫂》《走向胜利》《新儿女英雄续传》，有展现新中国建设历程的《三里湾》《沸腾的群山》《激情燃烧的岁月》，有寻找和重建民族文化自信的《四面八方》，也有改革开放后反映中国社会现状、探索中国道路的《中国制造》，同时还收录了展现革命英雄人物光辉事迹的《刘胡兰传》《焦裕禄》《雷锋日记》等。

本套丛书讲述了丰富多样的中国故事，塑造了一大批深入人心的中国形象，奏响了昂扬奋进的中国旋律。这些经历了时间检验的文学作品，在艺术表现形式、文学叙述方式和创作技巧等方面都具有开拓性和创造性，作品的质量、品位、风格、内涵等方面都具有很高的水准，都是有筋骨、有道德、有温度的优秀作品，很多作家的作品都曾荣获"五个一工程奖""茅盾文学奖""鲁迅文学奖""国家图书奖"等奖项。

为将该套丛书打造成为集思想性、艺术性、时代性为一体，展现新时代文学艺术发展新风貌的精品图书，北京联合出版公司成立了由出版界、文学艺术界的资深专家和学者组成的编辑委员会。他们从文学作品的历史价值、文学价值、学术价值、现实意义等维度对作品进行了深入细致的研读和筛选，吸收并借鉴了广大读者的意见与建议，对入选作品进行深入细致的分析与综合评定，努力将"百部红色经典"系列丛书打造成为政治性、思想性和艺术性和谐统一的优秀读物，向伟大的中国共产党成立100周年这一光荣的日子献礼！

一

这乡间依旧是旧日的乡间。

靠着山丘，傍着河湾，零星散布着的小的茅屋，大的村庄，在金黄色的夕阳的光辉中，依旧是没有改变一年以前的形象。炊烟随着牧歌的声浪而慢慢地飞腾起来，仿佛是从土地中所发泄出来的伟大的怨气一样，那怨气一年复一年地，一日复一日地，总是毫无声息地消散于广漠的太空里。乌鸦成群地翱翔着，叫鸣着，宛然如报告黄昏的来临，或是留恋那夕阳的西落。那树林葳蕤的处所，隐隐地露出一座楼阁的屋顶，那景象仿佛是这乡间的圣地，而在它周围的这些小的茅屋，大的村庄，不过是穷苦的窝巢而已。

一切都仍旧，一切都没有改变……

但是，这乡间又不是旧日的乡间了。

在什么隐隐的深处，开始潜流着不稳的水浪。在偶尔的，最近差不多是寻常的居民的谈话中，飞动着一些生疏的，然而同时又是使大家感觉异常有兴趣的字句："革命军"……"减租"……"打倒土豪劣绅"……这些字句是从离此乡间不远的城市中带来的，在那里听说革命军快要到来，或者革命军已经到来了。

年老的乡人们听到了这些消息，也很对之注意，然而是别种想法：革命？为什么要革命？世道又大变了！……年轻的乡人们却与他们的前辈正相反。这些消息好像有什么魔力也似的，使他们不但暗暗地活跃起来，而且很迫切地希望着，似乎他们将要从"革命军"的身上得到一些什么东西，又似乎他们快要赶赴欢娱的筵席，在这筵席上，他们将痛痛快快地卸下自己肩上的历年积着的重担，而畅饮那一种为他们所渴望的，然而为他们所尚不知道是什么滋味的美酒。

他们，年轻的人们，相互地询问道：

"快了罢？"

"快了，快要到了……"

从问话的人口中冒出"快了罢？"几个字来，这可听得出他是怎样热烈地希望着那一种所谓"快了"的东西。从回答者的口中冒出"快要到了……"的声音，令人又可以感觉到他是在怎样地得意。大家说完了话，或是在继续的谈话中，如果谈话的场所是在田野里，那他们便免不了地要向那树林葳蕤的处所，那高耸的楼房的屋顶默默地望着，或是很带仇意地溜几眼。

在那里住着这一乡间的主人，这一乡间的田地大半都是属于他的。在不久以前，乡人们，这其间年轻的当然也在内，经过那一座伟大的楼房的旁边时，总不禁都要升起一种羡慕而敬佩的心情："住着这一种房子才是有福气的，才不愧为人一世呵！……"但是在这一年来，他们的这种心情逐渐地减少了，好像有一种什么力量在主宰着也似的。尤其是在最近，青年人的心理变化得异常的快，对于那座巍然的楼房不但不加敬慕，而且仇恨了。他们在田野间所受着的风雨的欺凌，在家庭中所过着的穷苦的生活，仿佛这些，他们很模糊地意识到，都是不公道的，不合理的，而这些罪源都来自那树林葳蕤的处所……

在最近的半月内：自从矿工张进德回到乡间之后，这一种不稳的空气更加激荡了。他随身带回来一些新的思想，新的言语，在青年们中间偷偷地传布着，大部分的青年们都受了他的鼓动。他所说的一切，就好像兴奋的药剂一样，让青年们都兴奋起来了。他说，现在是革命的时代了，农民们应当起来……他说，地主的，例如李敬斋的钱财，田地，都是农民为他挣出来的，现在农民应当将自己的东西收回转来……这是一种如何骇人听闻的思想！然而青年们却庆幸地将它接受了。

青年们知道张进德是一个诚实而精明强干的人，对他都怀着敬意。半年以前，当他从矿山回里看他的病了的母亲的时候，他还是一个很没有什么惊奇的思想的矿工，向青年们所叙诉着的，也不过是一些琐碎的关于矿山上的事。但是在这一次的回来，他差不多变成另一个人了。在一般青年的眼光中，他简直是"百事通"，他简直是他们的唯一的指导者。青年们感觉自己的眼睛，自己的心，在此以前被一种什么东西所蒙蔽住了，而现在他，张进德，忽然将这一种蒙蔽的障幕揭去了，使他们开始照着别种样子看待世界，思想着他们眼前的事物。他们宛然如梦醒了一样，突然看清了这世界是不合理的世界，而他们的生活应当变成为另一种生活。

二

张进德是一个没有家室的人。曾有过一个衰老的母亲，他是很爱她而且很孝顺她的。然而她不幸于他最后一次的回里时死去了。自从母亲死去了之后，这乡间已经没有什么东西可以牵得住张进德的一颗心了——在这乡间他不但没有房屋，没有田地，以及其他什么财产，而且连一个亲人都没有了。这乡间的景物也很美丽，这乡间的居民也很朴实，然而张进德已经不再留恋它们了，他决定在城市中或在矿山上，永远地过着那种群众的工人的生活。那生活并不舒适，所受的压迫和痛苦，并不较农民的生活稍为减低，但不知为什么，他总觉得那生活较为有趣。在母亲死去之后，他依旧回到矿山去，打算不再回到这乡间了。

他整整过了四年的矿工的生活，在他最后一次（这是半年前的事情）

回来看望病了的母亲，母亲终于在他的悲哀中死去了，而他又重新回到矿山以前，他的劳动生活很平静，因之也从来没有过什么特异的思想。做工吃饭，这是穷人的本分，他从没曾想到自己本分以外的事。不料他回到矿山不久，工人们便闹起增加工资的风潮，而他在这一次的风潮中，莫明其妙地被推为罢工的委员。于是他的生活，接连着他的思想也就从此变动起来了，他遇见了不知来自何处的革命党人，他们的宣传使他变换了观看世界的眼睛……

在此以前，他以为这座矿山是给穷人们以生活的工具的，没有了这座矿山，便没有了几千个人的饭碗。现在他明白了，工人们从这座矿山所得到的很微末，而他们的血汗，尽为资本家所吸取去了，他们却并没有得到十分之一的代价。他很会思想，于是他思想到工人生活的困苦，矿山上一切情形的黑暗……最后他思想道，这世界是不公平的，应有改造一改造的必要，而他，张进德，应如他所认识的革命党人一样，努力做这种改造的工作。

他渐渐变成了矿工的领袖……公司方面对于他的仇恨，和着工人们对于他的拥护，同时增加起来。不久，在半月以前，他在矿山上宣传革命军快要到来了，而他们，矿工们，应当赶快起来改良自己的生活……公司方面听到了这种危险的消息，便勾通了当地的驻防的军队，决意将他捉到，以至于处死。因此，他不得已又逃回到自己的乡间了。

乡间差不多还是半年前的乡间，可是张进德却完全不是半年前的张进德了。半年前的张进德所能告诉乡人的，不过是些矿山上的琐事，半年后的张进德却带回来了一些无形的炸药。无声的巨炮，震动了这乡间的僻静的生活。自从他回到乡间之后，一般青年的农民得到了一个指导者，因之，他们的心已经不似先前平静，而他们的眼睛变得更为清明……

张进德住在他的表姐夫吴长兴的家里。吴长兴是穷苦的佃农，当然容不了张进德吃白饭，而张进德也没想到要连累他的穷苦的表姐夫——

他不过是在他家借一块地方寄宿而已。虽然两间低小而阴湿的茅房，并不是寄宿的佳所，然而这对于张进德已经是很幸运了，他究竟还不至于睡在露天地里。

当他从矿山逃跑的时候，朋友们捐助了一点款子，所以他现在吃饭并不成问题，而且也并不急于要找工作。他明白他这次的回乡，虽然是不得已的事，但是他想，他的任务在于"改造"，无论走到什么地方，他都应当不要忘记了这个……

这乡间终究与他有密切的因缘，而且在这一次的回里，这乡间突然引起了张进德的趣味。在半年以前，当他离开它的时候，他决定不再留恋它了，因为在这里已经没有了使他留恋的东西。那时他只觉得它僻静，没有趣味，抵不得那城市或矿山的生活。但是现在呢？对于张进德，这乡间的面目改变了。矮小的茅屋，农民们的困苦的生活……以前他觉得很平常，因之，也就从没想过这些现象是不合理的，可是现在他却觉得了：这是不合理的现象，所以也就有"改造"的必要！……于是他决心将自己的思想向一般年轻的农民们宣传，而对于年老的农民们，他以为他们的脑筋太腐败了，不大容易新鲜起来。

他的宣传得到了效果。青年们都渐渐地蠕动起来了。每一个人的脑筋里都开始活跃着一种思想：

"现在是时候了，我们应当干起来！……"

三

"快要到了罢？"

"听说是快要到了。"

"……"

然而革命军并没有如一般人的期望那样很快地就到来了。一直到了昨日的下午，革命军到来了的消息，才由进城卖柴的刘二麻子很确实地说出来。

刘二麻子是在乡间做散工的，有工作的时候，他为人做工，没有人找他的时候，他便打柴到城里去卖。一则因为他很年轻，二则因为生活很艰难，总想借着什么方法松一松，所以他也就很热心地希望着革命军的到来，虽然那"革命军"能不能给他以好处还是问题。

也许是因为奔跑，也许是因为太兴奋了，他脸上的麻子今天特别红得发亮。凡是在路中遇着他的人，一定都要惊异到他的那种不寻常的得意的神情。不知者或者以为他在城中得了宝物回来，或者是将柴卖得多了几倍的钱，或者因为他久想娶老婆娶不到手，而今天忽然得到了一个未婚妻……

其实都不是，原因是在于他今天在城里亲眼看见革命军到来了。在路中每逢遇见一个相熟的人，不问对方愿意听与否，他便叨叨不惮烦琐地将革命军的形状描写一番：他们戴着什么样式的帽子，穿着什么颜色的军服，甚至于说到有一个军官的口上生了一颗黑痣……

"现在好了。革命军到了，我们穷人们不愁得不到好处。"这是他向人报告完了后的结论。

这一种欢欣的，为乡人们所久待着的消息，即刻传遍了全乡间，鼓动了每一个人的心。尤其是青年人一听到这种消息，便发生了无限的庆幸。在太阳还未落土的时候，在东山的脚下，聚了五六个青年，有的手中持着锹锄，有的手中持着扁担，有的空着手——他们开始谈论起关于革命军到来了的事情。他们的外貌不相同，他们的服饰也不一样，然而他们同具着一颗热烈的，年轻的心，同怀着欢欣的希望，同有着自由的要求。在金黄色的夕阳的光辉之下，他们的面孔上同闪动着一种愉快的波纹……

"现在我们应当怎么办呢？"

他们之中有一个生着圆圆的面孔，两眼炯炯有光的青年这样向其余的同伴们发问。

"真的，我们应当怎么办呢？"

另一个生着黄头发，扁鼻子，没有大门牙的青年这样搔起后脑袋说。

一时的默然。

夕阳愈扩大自己的金黄的轮廓，眼见着它的形影即刻就要隐蔽起来。夜幕快要展开了。从山那边传来了抑扬的牧童的晚歌……

"怎么办？"最后，坐在草地上，抱着曲起来了的双腿的一个青年开始说话了。他的名字叫作王贵才，身体生得很短小，人家都称呼他为王矮子，可是他的为人很能干，差不多是这一班青年们的领袖。只要他一张小口，转动一下秀长而放着光的眼睛，青年们便要集中注意力而听他的话了。"我看，还是去找张进德去，看他怎么样说。这消息不知道他已经知道了没有？我们一定要去和他商量一下。"

王贵才说着立起身来了。大家很机械地随从着他的动作……

这时夕阳已经消逝了金影。村庄，树林，河流……渐渐为迷蒙的夜幕的暗影所吞食去了。在广漠的深蓝色的天空里，开始闪耀着星光，而在静寂的土地上，也同时开始现出来几家微小的灯火。

青年们在路中一壁唱着山歌，一壁想着关于革命军的事情……在年轻的心灵里，活动着光明的，希望的波浪。当他们走到吴长兴的门口时，张进德已经和吴长兴夫妇两个向桌子坐下吃起晚饭来了。厨房和食堂是连在一起的，甚至于张进德的寝室也在这同一的一间房里。五六个年轻的客人，当然不能在这间房子里都寻着座位。一半进入了门内，一半不得已只好留在门外，因为那吃饭的桌子差不多是拦门放着的。

张进德看见他们走来，一面态度很沉静，一面立起身来，放下饭碗，很亲热地招呼他们。吴长兴的老婆，一个具着穷苦面相的中年的农妇，坐着没动，而她的丈夫随着张进德默然立起，也没有什么表情。

青年们很兴奋地报告了来意。一切的视线都集中到张进德面孔上，他们急切地等待着从他的口中所溜出来的话语。听了青年们的报告之后，吴长兴的老婆的穷苦面相上，似乎隐隐地起了一层欢欣的波纹，而在黝黑的，沉郁的吴长兴的面容上，似乎也有点放起光来。一个是因为听说革命军是主张男女平等的，丈夫不能打老婆；一个是因为听说革命军要解放农民，从此以后可以不交租了……丈夫有丈夫的想头，老婆有老婆的希望。

在张进德的面孔上，并没有看出什么特别的欢欣的痕迹来。他并没有即刻答复青年们向他所提出的问题："怎么办呢？"……他低下头来沉吟了一回，复举起放着锐敏的光的两只圆大的眼睛，向青年们很镇静地说道：

"这件事情，我不能即刻就答复你们。我打算明天到城里去看看情形，回来之后，我才能告诉你们怎么办。"

青年们听了张进德的话，似乎都很失望地低下头来，然而大家都怀着同一的信念：既然张进德这样说，那就应当听他的话……

在微细的闪耀着的星光下，青年们摸着漆黑的，然而为他们所熟悉的乡间的小路，各自走回自己的茅屋去了。

在遥相应和的山歌的声中，零乱地起了嗥嗥的犬吠的声音。

四

王贵才快要走到自己的家门口了。一路中他幻想着一些关于革命的事情……但是他的思想如激荡着的波浪一样，并没有清晰的条纹。他最恨的，因之也就是他要借着"革命"来打倒的，是和他家对面相住着的，那一座楼房的主人。那是他的东家，同时也就是他的仇人，因为由他的劳苦所制造出来的稻谷，被迫送给那个一动也不动的主人用，而所谓主人，李敬斋这老东西，反而很恶毒地几次鞭打过他的和顺的毫无罪过的父亲。他呢，当然也挨过不少次的骂……现在，他想道，是革命的时候了，因之，也就是穷人出头的时候了，妈的，老子要出一出气！……

他想了许许多多对付"这老东西"的方法，他想，顶好将他拖到水田里，鞭打着他照牛一般地拖着犁耙耕地……当他想象着李敬斋拖着犁耙耕地的那一种狼狈的情形，他不禁很得意地笑将起来了。不料就在这个当儿他忘了形，一不当心就扑通一声掉到水池子里去了。幸而水池子里边的水还不深，他即刻爬到陆地上来了，可是浑身衣服全湿透，变成一个水淋淋的落水鸡。季候是在春天，他的血很旺，并不觉得十分的寒冷；虽然心中有点懊丧，但是当他重新想象起来那种拖着犁耙耕地的情形，又不禁觉得好生畅快起来了。

当他回到家里的时候，家人们已经老早地吃过晚饭了。父亲和母亲在桌子旁边对坐着，谈论着一些什么关于青菜和鸡蛋的事情，而年轻的妹妹低着头在洋油灯的灯光下，细心地缝着什么衣服。恰好在王贵才跨进门限的当儿，他听到母亲的一声带着焦虑的话语：

"贵才也不知到什么地方去了，还不回来！"

母亲首先看见了贵才。在老太婆的面孔上，同时紧绷着欢欣和恐怖的神情。她惊慌地，急促地迎将上来，问道：

"你，你是怎么了？怎么弄成了这个样子？跌到水里去了吗？"

"妈，没有什么，我不当心，跌到水池子里去了。毛姑快将衣服拿出来给我换……"

毛姑听了这话，即刻放下针线，毫不怠慢地走向内房里为哥哥拿衣服去了。驼着背的，口中含着一根长旱烟袋的父亲，一言不语地走到贵才的身边来，将贵才的形状打量了一番，很感叹地说道：

"这么样的一个大人，也不是两三岁的小孩子，怎么会跌到水池里去！你看你有什么用！"

父亲的话好像一桶冷水一般，将王贵才的浑身的热度都浇下去了。他只是向父亲望着，没有回答他所说的话。看见父亲的驼背的后影，他不禁忽然消逝了由父亲的话而生的气愤，另外动了一种怜悯的心情：

"这背是活活地被苦累所压驼了！在这上面也不知驼着多少重的负担……"

想到此地，他又忽然想到自己的命运，想到革命的事情……

"不，我不能够再这样了！我不愿意再这样了！为什么我们要受苦？为什么吃苦的是我们，而享福的是别人？为什么我们风里雨里所耕种出的稻米要送给别人，而自己反来吃不饱肚子？……老哥，这样是太不公平了！"

"不过，"他又继续想道，不顾妹妹已经将衣服拿来，而母亲在旁边催促了几次。"父亲是太老了，脑子里装不进一些新的想头。吃了李敬斋无数次的打骂，他总不敢反抗一声，好像打骂是应该的样子。他说我没有用处，其实他才没有用处呢。父亲呵，我不能够再像你一样了！……"

"赶快去将衣服换掉罢，老呆站着干什么？"母亲又重新这样地催促他。他本打算照着母亲的话做去，可是他觉得，如果在他未将今天的消息报告给家人们知道之前，他是不能安心去换衣服的。身上固然有点寒冷，但是这寒冷总压不下他心上的热度。于是他不管他的父亲愿意听闻与否，向他得意地说道：

"爸！你知道革命军已经到了城里吗？"

这时重新坐下，口中继续吸着旱烟袋的父亲，听了贵才的话，慢慢地将旱烟袋从口中拿开，一点不感动地说道：

"革命军来了又怎样？我们守我们的本分要紧，决不要去瞎闹。什么革命不革命，不是我们种田人的事情。"

"爸！革命军主张减租呢。主张……土地革命……减租……于我们有好处。我们应当……"

不待贵才说完，父亲竖起来了两只不大发光的眼睛，怒着说道：

"我看你发了疯！什么革命土地，土地革命！这是我们种田人的事情吗？你当心点！如果我知道你和他们胡闹，不守本分……"

待别人很温和，待自己的儿子却很严厉的父亲，现在又动起怒来了。母亲见着形势可怕，连忙将贵才拖到内房里去换衣服去了。贵才见着父亲的动怒，并没有发生什么恶感，反之，更向他起了一种怜悯的心情：真的，他是太老了，吃苦吃得惯了！受了敌人的欺压，而反来以为那是应该的事，生怕放了一个不恭敬的屁，这不是很可怜吗？

"不，爸！"王贵才一面换衣服，一面想道，"你是太可怜了！你简直不懂得！我们要革命，我们一定要革命！……"

五

在平常的时候，老人家王荣发的就寝，总是要在家人们都就寝了之后。在未就寝之前，他总是要在屋前屋后绕几个圈子，看看有没有什么可疑的形迹，听听有没有什么令人要注意的声息。然后昂头望一望天上的星儿是稠还是稀，如果是月夜的时候，那月亮是否发了晕，有没有风雨的征兆。

今晚他忽然很早地就向床上躺下了。老太婆依着自己的经验，知道这种事情是仅仅当他有什么气愤的时候才会有的。如果她不当心要去追问他，那必定要更增加他的气愤。老太婆并没曾多受过她的丈夫的打骂，然而当她一见着丈夫的气愤的面容，她便一声也不敢响了。她知道今晚贵才的话触犯了他，但是贵才今晚所说的话：什么减租，什么土地……什么革命……到底是什么意思，为什么能够触犯了他，她简直不能明白。当她的丈夫在床上翻来覆去的时候，也就是她老农妇的脑筋百思莫解的时候。

在王荣发的一生的生活中，今晚可算是一个特殊的例外了。他虽然将自己的儿子申斥了一顿，而贵才虽然并没说出一句反抗父亲的话，但是不知为什么，他的枯寂了的脑海却陡然地起了不安的浪潮。他的一颗老了的心也似乎被一种什么东西所刺动了。他不禁异常地苦恼起来，想将适才贵才所说的话忘记掉，然而不知为什么总不能够。他觉得他毫无疑义地碰到什么了。但是碰到了什么呢？……

在做农民，到现在已经做老了的生活史中，王荣发从没想过要改变自己的命运。也许在什么时候，在穷困得没有出路而即要走入绝境的时候，例如前年天旱，稞租缴不出来，而被东家李敬斋差了伙计捉去打骂的那一次，王荣发曾想过要将自己的命运改变一下，但因为寻不出改变的方法，也就忍着所难忍的痛苦，将自己的希望消逝下去了。他将这些都委托之于未为他所见过的万能的菩萨。他想，也许他前生造了孽，也许他家的坟山不好，也许他的"八字"生来就是受苦的命……世事都有一定的因果，他哪里能变成例外呢？大家都说李家老楼的风水好，他想，可见得李大老爷有福气，可见得他有做我们东家的命……世事都不是没有来由的呵。……于是他很恭顺地做了东家的顺民，从没曾起过什么反叛的，不平的心情。

对于他，这种田的有种田的命，做老爷的有做老爷的命。田地是东家的，佃户应当守着纳租的本分。从前他是这样想，现在他还是这样想。但是现在的时代不同了：张进德不是这样想了，吴长兴不是这样想了，卖柴的刘二麻子也不是这样想了，甚至于王荣发自己的儿子也不是这样想了。全乡间的青年们似乎完全变成了另一辈人，他们口中说着为老年人所不说的话，想着一些为老年人所不敢想的思想。似乎一切都变了。从什么地方来了这种反常的，混乱的现象呢？……王荣发不能明白这到底是一回什么事。只是叹息着"世道日非，人心不古"而已。

张进德将一些反叛的思想告诉了乡间的青年们，而王贵才又照样地告诉了他的父亲。可是他的父亲始而不明白是怎么一回事，继而当他有点明白了的时候，他简直陷落到恐怖的深渊里去了。他，王荣发，虽然活了五十多岁，虽然比他的儿子多吃了几十年的饭，可是从来没听过这些"违背天理"的思想。田地是东家的，为什么要把它夺来？李大老爷无论怎样地不好，可是究竟他是东家，亘古以来，哪里有佃户打倒地主的道理？不，他想，贵才是发了疯，中了魔，忘记了穷人的本分……

为着这个问题，王荣发也不知警戒了自己的儿子许多次。他命令他不准与张进德接近。有一次张进德因为什么事情到过他的家里，可是他很冷淡地招待他，并指责出他的思想的不合理……张进德具着一种牢不可破的观念："老人家没有办法，只好随他去！"所以也就没和老人家争辩。

今晚又为着这个问题闹起来了。他很气愤。他老是不明白他的儿子为着什么深深地有了这种危险的思想。他恨自己生了这种不驯良的儿子，放着本分不去守，偏偏想着一些什么土地革命，革命土地……他在床上翻来覆去，不断地叹息，弄得睡在床那头的他的老妻也不能入梦。

但是，不要看老人家对于这种叛逆的思想的恐怖，对于自己的儿子的愤恨，在一种什么深处，也许就在那枯老了的骨髓里，或是心灵里，总还不时地冒出一点不平静的浪沫来，使着他本能地感觉到他的儿子的思想，符合着一种什么到现在还未被人承认的真理。

在气愤渐渐消逝了的时候，他又不禁从另一方面想道：

"也许他的思想是对的，谁晓得！现在的世道是变了。也许这个世界的脸孔要改一改……说起来，我们种田的人也真是太苦了！风里雨里，一年四季到头，没有快活的日子过……唉，也许贵才是对的，让他去！……"

春夜是异常地静寂。躺在床上，向着纸糊着的微小的竹窗望去，王荣发想在那里寻找到一点什么东西。当他听着睡在隔壁竹床上的贵才的隆隆的年轻的鼾声，隐隐地觉得自己在儿子面前做错了什么事也似的。在这一种轻微的羞愧的感觉中，他顺着儿子的不断的鼾声，也渐渐地走入梦乡了。

六

当夕阳还未将东山的余晖收匿起来时，在山脚下的一条弯曲的小径上，徘徊着一个身着武装便服，手提一只皮箱的少年。对于这乡间，这装束是异常的生疏，眼见得他是从城里来的过客。因为行旅所致，他的面貌很黑瘦，可是从他的两眼中所放射出来的英锐的光芒，的确令人一见了便会发生一种特异的，也许是敬畏的感觉。当他微笑起来而满脸似乎都起了活动的波纹时，便又会令人感觉他的和蔼可爱。这乡间本来是他的故乡，这乡间本来是他的生长地，而且这乡间本来是属于他的父亲的势力范围，但是看着他的那种徘徊的模样，他现在宛然是一个生疏的过客了。

在一年以前，当他和家庭决裂而离开这个乡间，那时他绝没有想到会有再回到故乡的机会。他决心和家庭永远地脱离关系，这就是说他已不需要家庭了，因此，他也就没有再回到故乡的必要。不错，在这里，住居着他的亲生的父母，然而在最后的一次决裂之后，他承认自己没有父母了，有的只是自己的仇敌。在另一方面，他想，他的父母当然也不再承认他为儿子了。

现在，他又回到故乡来了。这故乡对于他来说是异常的生疏，因为他和故乡断绝音信已经有了一年多。虽然在表面上，李家老楼，他的原来的家，从这东山角望去，还是昂然地呈现着当年的威严，虽然在那一条河流的沿岸上，还零碎地散布着矮小的茅屋，虽然在李家老楼的右首有一里路之遥的几间茅屋还存在着，但是他不知道那里的主人是否还生存，那里的生活有没有变更……这些，都使得他感觉自己是一个生疏的过客。

但是对于一件事情，他具着确定的信念，那就是这李家老楼既然还昂然地呈现着威严，从这些矮小的茅屋里，既然还如当年一样，冒着一股一股的如怨气也似的炊烟，这就可见得这乡间的生活面目没有改变。而他，李杰，对于这种黑暗的生活曾有过如何的厌恶与仇恨呵！因为这，他离开了故乡，因为这，他决心不再见自己的父母的面……

在一年以前，他厌恶并仇恨这乡间的黑暗的生活，并且以为大部分的罪恶，都应当落在他父亲的身上。但是他那时不知道如何去做才好，他本来是不能将父亲刺杀掉呵！……在一年以后的今日，他具着回来改造乡间生活的决心，他已经知道了"要怎样做"，而且他更深深地明白了，这问题不在于将作恶的父亲杀死，而是在于促起农民自身的觉悟。只要农民自身一觉悟了，那还怕乡间的生活不改变面目吗！？

眼看天色已经快要黑了。在他的面前经过两个骑着牛的牧童，他们一壁唱着为李杰什么时候所熟听的山歌，一壁侧着身子向他很生疏地，诧异地望着。他想将他们喊得停住，问一问乡间的情形：李家老楼怎样了，王荣发的一家是否还平安……但是当他还未决定即行开口时，牧童们已经将牛加了几鞭，很快地走开了。

他不禁有点踌躇起来了。夜幕快将大地的面目遮掩下去，而他还在这山野间徘徊着，没有一定的去向。回家去！那家已经不是他的家了，确切地说，他已经发了誓永不回家，现在无论如何，他是不愿意回家去的。到王荣发的家里去？王荣发的儿子，王贵才，本来是他的幼年的好友，虽然因为地位的悬殊，没曾哥哥弟弟相称过，然而两人的友谊，实无异于异姓的兄弟。在这一年多中，李杰虽然没和他通过音信，但是他的形象总时常留在脑海里。现在，李杰想，顶好是到他的老朋友的家里去……但是王荣发一家是不是还耕着李家老楼的田地？是不是还住在原处？……想到此地，李杰又更加焦急起来了。

他无决心地向前走着。望着那树林中的李家老楼的黑影。在那里，他度过了二十几年的生活，在那里，住着他的亲生的父母……然而现在他徘徊在山野间，打算着寻找归宿的地方，偏偏不是那里，而是别家，也许他今晚要孤独地宿在露天地里。他想，到什么地方住宿都可以，只要不在那曾是过他的家的，那座楼房里……

七

走着走着，忽然听见后边有人走路的声音。李杰回头一看，原来是担着一担柴的樵夫。他于是停了脚步，等着那人的到来，决定询问他关于王荣发一家的情形。担柴的已经走近他的身前了，但因为天色已经黑了，他不大容易看清那人的面目。那人见着手里提着箱子的李杰停着不走，似乎有点惊异的样子，他将柴从肩上放下，不待李杰开口，已先问道：

"你是干什么的？站着不动干吗？"

"我是过路的，"李杰低声而和蔼地说道，"对不起，请问王荣发家还住在原处吗？"

那人听了这话，没有即刻回答，反而更向李杰走近一步，将黑影中的他的面貌审视一番，开始迟疑地说道：

"你，你贵姓？你是不是……李家老楼的大少爷？"

那人的闪灼着的眼光逼着李杰起了不安，半晌方才说道：

"请问，你怎么能认得我？你贵姓？"

那人放出很高朗的声音笑起来了。

"原来是李大少爷！刚从外边回来吗？你在外边很久都没有回来，我们时常说起你呢。你现在想是要急于回家里去，不过我要问你一声，你从城里来的时候，看见革命军了吗？他们怎么样？"

"这些事情，一时也说不清楚。请问你，王荣发一家是不是还住在原处？我要……"

"怎么？"那人惊异起来了。"难道你不回家吗？"

"那已经不是我的家了。"李杰笑着说。

那人半晌没有作声，只向李杰望着。

"天色已经黑得快看不见路了，请你带我到王荣发的家里去好不好？"

那人默默地点一点头，走至放下柴担的地方，又重新将柴担举上肩来。

两人开始摸索着小径，向王荣发的家里走去。开头两人都沉默不语，显然各自思想着什么，后来还是李杰先开口说道：

"你到底贵姓？我不认得你。你住在这乡间很久了吗？"

"我一向是在矿山上做工的。我回到家乡来不过才半个月。我的名字叫张进德，你没听说过吗？我们见过几次面，不过你当然记不得我了……"

"……"李杰很模糊地嗯了一声。

张进德停了半晌，又继续说道：

"李大少爷！现在是革命的时候了，你对于革命怎么样？……"

李杰明白张进德是在探他的口气，便很坦然地笑着说道：

"革一革命也好，我想。"

"你不反对革命吗？现在听说要土地……革命……"

"如果我是地主，那我可不赞成什么土地革命，但是现在我同你们是一样的穷光蛋，为什么不赞成革命呢？没有田种的人，以及种人家田的人，都应当起来干一下才行！"

"但是你……"张进德吞吐地说了半句。

"我怎么样？"李杰即刻反问他。

"你究竟是李大老爷的儿子。"

李杰笑起来了。于是李杰开始述说他和家庭决裂的经过，以及他怎样地进了革命军，现在回来又是怎样地打算……

"我们原来是同志呵！"张进德最后欢欣着这样说。"这么一来，我也不必进城去了。我今天本来打算进城去看一看革命军怎样情形，回头来再做打算，因为要挑一担柴进城去卖，所以今天没有去成。现在你回来了。好极了！"

"你是不必去了。"李杰听了张进德的欢欣的话，不禁也欢欣起来了，他庆幸自己已经得到了一个很好的合作者。"我们明天就开始商量起来……"

"我说，你现在也不必到什么王荣发的家里去，就在我的地方睡一夜再说，好不好？"

"方便吗？"

"只要你不嫌弃我那一张竹床不干净……"

于是，昔日的李大少爷，现在成为矿工张进德的新交的好友了。在夜影的深处，李家老楼已沉入了寂静的梦乡，宛然忘却了它的年少的，在外流浪着的主人。而李敬斋，李杰的父亲，虽然在近来也时常念起他的叛逆的儿子，但是他绝不会想到，今晚他的儿子回到故乡了，可是不回到自己的家里，而留宿在一个什么矿工张进德的破漏的茅屋里……

八

"救命呀！救命呀！……"

"打死你这个败家精！"

"好，你把我打死了罢！……"

李杰和张进德两人刚走至吴长兴的家门口时，忽然听见从里面传出来这种绝望的打骂的声音。李杰一股的兴致，差不多为这种突然的不快的声音所打消下去了。

"吴长兴又在打他的老婆了。"张进德似乎很平静地说。

"他为什么要打他的老婆？时常打她吗？"李杰很不愉快地问。

"他的老婆是我的表姐，为人忠实极了。他不高兴的时候，就拿他的老婆出气。我也不好多说话……"

"岂有此理……"

李杰还预备说下去时，张进德已经将柴担从肩上卸下，放在墙壁边靠着了。屋里面的打骂和叫苦的声音更加厉害。李杰不先叩门，而是先从门缝向里面一望，他见着在一盏灰黄的，不明的香油灯光之下，一个三十几岁的面皮黑瘦的汉子，咬着牙齿，正按着一个蓬着发的妇人，不断地挥老拳呢。那妇人眼见得已力竭声嘶，渐渐地去失抵抗力了。……

"这太不对了！"李杰回转身来，自对自地这样说。张进德顾不得他说了什么话，更直爽地叫起门来。

屋内一时的寂静。

又颤动着一种女人的微弱的，绝望的声音：

"你为什么不打了呵……快将我打死吧……"

"你还愁不死吗？"

男子说完这话，便走向前来开门了。他见着了张进德的面，随即一言不发地将头低下，好像承认自己做错了事也似的，默默地走向靠墙的一张小木凳子坐下，他并没注意到张进德还带回另一个人来。他本来是认识李杰的——李家老楼的李大少爷，有谁会不认得呢——可是在这样宴了的今晚，他决不会料到自己的矮小的茅屋里，会光临了一个为他所盼望也盼望不到的贵客。李杰似乎也模糊地认得他，在什么时候曾见过面，但记不清楚他的姓名。看见在地上躺着的被蹂躏的，陷于半死状态的妇人，李杰想即刻走到吴长兴的面前，指责他的非礼。但转而一想，他初次来到吴长兴的家里，似乎不应过于直率从事，便也就默然而止了。

"请你坐一坐，我即刻做饭吃。你大约饿了吧？"张进德没有注意吴长兴夫妇，这样很亲热地说了，便径自走到灶台旁边去了。李杰一心悬在躺在地下的可怜的妇人身上，忘记了肚饥，很随便地回答了张进德一句：

"还好。"

听见了生疏的客人的话，吴长兴慢慢抬起自己的头来，似乎很胆怯的样子向客人的地方望去。黑瘦的面皮上，即刻起了惊异的波纹，而他右手不禁很机械地将眼睛揉了一下，宛然他以为此刻所现在他的眼前的，是什么不实在的幻影。

但是李杰，这个为他所不相信的奇异的幻影，出乎他的意料，猝然地向他说话了：

"吴大哥，你还认得我吗？"

吴长兴立起身来了。他有点颤动，不知是由于惶恐，还是由于气愤。看了李杰几眼之后，他重新低下头来，低低地说道：

"你，李大少爷，我认得你。"

"近来日子过得好吗？"

"大少爷，我们穷人的日子反正是这样，说不上好不好。比不上大少爷你们有钱的人家……"

说到此地，吴长兴叹了一口长气，扑通一声又坐下了。李杰觉得自己与吴长兴之间很隔膜，很生疏，欲继续将话谈将下去，但一时找不出什么话来。同时他觉得精神上感到很痛苦，而这痛苦不能即时就消灭下去，那就是他初回到自己的故乡，在这里，乡人们都怀着一种牢不可破的观念：他是李家老楼的大少爷，因此，他与农民们是两种不同的人类……其实，现在回到故乡的他，已经不是李家老楼的大少爷，而是一个为穷人奋斗的革命党人了。他不但要改造农民的生活，而且也正预备着反对自己的父亲，但是这种思想和行动，他将怎样使人们了解呢？张进德很容易地就了解了他，但是张进德是例外，他本来就有过相当的历史。对张进德，李杰很容易说话。但是此刻在吴长兴的面前，他忽然迟钝起来了。他不知道他如何才能和吴长兴接近，才能使吴长兴对他产生信心。……

在李杰还未将自己的思想完结的时候，张进德已经将两个粗瓷碗盛着的乡间的素菜端到矮小的四方桌上了。

九

饭菜异常的粗劣，碗筷在表面上看来是异常的不洁，那上面似乎粘着许多洗濯不清的黑色的污垢。张进德拿起碗筷就咕哧咕哧地吃起来，似乎那饭菜是异常的甜蜜，而李杰在开始时却踌躇了一下，皱了一皱眉毛，接着那饭菜的味道便使着他感觉到他和张进德的分别……

"你怕吃不来我们的饭吧。"张进德没有注意李杰的神情，这样向李杰微笑着淡淡地说了一句，便又大吃大嚼起来了。不知为什么，李杰听了他的这一句话，不禁有点面赤起来，好像听到了什么指责和讥笑也似的。这么一来，他更觉得那饭菜的味道是怎样地不合于他的口舌，虽然他勉力着吞食下去，但究竟难于下咽。于是他捉住自己了："嗯哈！你原来是大少爷呵！为什么张进德能吃得下去，你就不能吃下去？你这样能立在他们的队伍里吗？你这次回来是干什么的？你这种大少爷的样子，能够使农民们相信你吗？不，你这小子还是去当你的大少爷吧，你不配做一个革命党人！……"想到这里，李杰便轻视自己，责骂自己起来了。在一瞬间，他曾想立起身来，对着张进德，公开地暴露出自己的丑态，让他知道他是一个不足道的公子哥儿。但他即刻又想道，"不，这并没有什么，凡事都是由于习惯，我应当养成他们的习惯呵！……李杰是革命党人，李杰便什么事都可以做得出来。……"于是这种思想减轻了他将粗劣的饭菜吞下肚去的困难。

这时，吴长兴还是坐着原来的地方。他圆睁两眼凝视着吃着饭的李杰，心中老是不明白这是怎么一回事：为什么李大少爷今晚会降临到他的茅舍里？为什么一个尊贵的大少爷忽然和一个穷光蛋，张进德，交起好来了？他居然能吃这粗劣的饭菜，他居然似乎不摆一点大少爷的架子……这究竟是怎么一回事呢？

"他莫不是和张进德玩什么把戏罢？"吴长兴继续想道，"不然的话，为什么……"

"好，李大少爷在这里，我们今天就评一评理罢！"一直到现在躺在地下不作声的吴长兴的老婆，忽然一骨碌儿跃起，披散着头发，好像一个母夜叉也似的，这样面指着吴长兴说道：

"你这个没有良心的东西，我有哪一点亏负你呵？你今天也打骂我，明天也打骂我……"

张进德和李杰惊诧得将碗筷停下来了。张进德始而望着他的表姐的不寻常的神情，接着低下头来叹了一口气。李杰从来没曾看见过这么一幕令他感动的悲剧。女人的愤怒的，不平的，反抗的话音，引起了他的充分的同情，他觉得他即刻可以帮助她将她的丈夫鞭打一顿。

"今天我说盐没有了，叫你挑一担柴到城里去换一点盐来家，你就骂我是败家精，扭住打我，难道说盐都是我一个人吃掉了吗？你自己没有吃吗？你说我是败家精，我问你，你家里的什么被我败了？自从过了门一直到现在，我败了你姓吴的一点什么来？风里雨里，我曾过过一天好日子吗？吃也没有吃，穿也没有穿，我不抱怨你，这已经是我很对得起你了，偏偏你这黑东西没有天良，今天也打骂我，明天也打骂我，简直不把我当作人……"

吴长兴的老婆滔滔地说到这里，觉着伤心过甚，不禁放声痛哭起来了。她用双手掩着面，走至房门的前面，将头抵住门，越哭越加厉害。这时吴长兴低着头一声也不响，仿佛他的老婆的动作没有给予他以任何的刺激。李杰觉得有满腔的愤怒，但不知如何才能发泄出来：指责吴长兴的不是呢，还是向他的被冤屈的老婆说一些安慰的话？……唉！乡间的农妇的生活！李杰不禁概叹起来了。

张进德立起身来，很镇静地走至吴长兴的面前，向他低着的头部凝视了一会，轻轻地开始说道：

"长兴哥，你别怪我说你，你这样是太不对了。荷姐又不是你的牛马，你怎么能无缘无故地打骂她呢？我知道你穷苦得难受，找不到什么地方出气，只好将自己的老婆当出气筒子，可是，长兴哥，这是不对的，荷姐究竟是一个人呵！……你说她是败家精，那你就别怪我向你一问，你有什么家私可败？请你问一问良心，荷姐是一个好吃懒做的女人吗？……我劝你下次不要这样了！……夫妻们不怕穷，怕的就是不和气……"

张进德说完了话，向他的痛哭着的表姐很同情地看了两眼，便又回到自己的原处坐下了。吴长兴听了张进德的话，依旧一声也不响，这使得李杰猜度不着他是承认过错了呢，还是不以张进德的话为然，或是另外想着别的事情……

后来，吴长兴的老婆，眼看是哭得疲倦了，静静地走向房里，向床上躺下去了。一时的寂静。从门缝里陡然吹进一股子怪风，将桌上的香油灯几乎熄灭了。墙壁上摇晃着不定的三个人的影子……

十

夜已经深了。在寂静的田野间偶尔传来几声犬吠和一种什么夜鸟的叫鸣。对于李杰来说那声音是很熟悉的，然而在竹床上辗转反侧不能入梦的他，总想不起这叫鸣着的夜鸟是什么名字。由那种凄清而愁苦的音调，他的内心里紧张起来一种说不出的，说悲哀又不是悲哀，说欢欣又不是欢欣的情绪。

他想起来了他的身世：富有的家庭……童年的娇养……小学……中学……对于王兰姑的恋爱……这一阶段的生活是怎样的甜蜜而平静！没有忧患，没有疾苦，有的只是温暖的天鹅绒般的梦。后来……他的思想忽然变化了。学生运动的参加，对于社会主义的沉醉，接着便和父母起了冲突……王兰姑的惨死促成了他和家庭的决裂。接着便是上海的流浪，黄埔军官学校的投考……于是李杰卷入伟大的革命的浪潮里。那过去的天鹅绒般的梦，在他的身上不留下一点儿痕迹了。他久已不是一个学生，而是一个穿着灰军服的兵士。他更久已不是一个少爷，而是一个坚毅的战士。对于他，久已没有了家庭，没有了个人的幸福，有的只是革命的事业……甚至于他的青春的梦，那个为他所爱恋的，已经死去了的王兰姑，也久已被他所忘怀了。

这次具着不可动摇的决心，他辞去了军中的职务，情愿回到自己的乡间进行农民的运动。这是因为他看清楚了那所谓"革命军"的，未必真能革命，自己反不如走到群众中去，努力做一点实际的工作。二者也许因为他还存着爱乡的观念，总想对自己的故乡多有一点贡献，或者更因为他具着复仇的心情，他要立在农民的队伍中间，显一显威风给他那作恶的父亲看。然而这一切都不重要，重要的是在于他，李杰，到底能不能将一些毫无知识的农民弄得觉醒起来？……

夜鸟还是继续着凄清而愁苦的音调。思想如翻腾着的浪潮一般，涌激得李杰无论如何不能合眼。他想爬起身来，将门开开，到外边走一走，呼吸一呼吸田野间的夜的气息。但是他怕惊动了吴长兴夫妇和张进德，终于没有照着他的念头去做。

想到了吴长兴夫妇，忽然晚间的一幕呈现在他的眼前：那披散着头发的女人的绝望的神情，那吴长兴的固执的面相和那向他所发射着的不信任的，迟疑的眼光……这些不禁使他感觉到自己的无力，而减少了对于自己的信心。"像这样无知识的，野蛮的乡下人，"他想道，"我怎样对他才好呢？第一，他野蛮得要命；第二，他是不会信任我的……他那样迟疑地看我，为什么他要迟疑地看我？……"

只顾思想，李杰没提防到自己的左脚抵了一下正在鼾睡着的张进德的后脑壳。张进德从梦中嗯了一声，用手摸了一摸自己的后脑壳，又重新睡着了。李杰一面惭愧自己的大意，一面忽然起了一种欢欣的心情。一瞬间，张进德将他从失望的海里救出来了。他想道，张进德是可以帮助他一切的，如果他能和张进德合得来，那他便有了过河的桥梁……于是他又不禁想道，在我们的时代里，该有许多奇特的事情！李杰本来是一个少爷，而现在和张进德在一张床上睡觉。张进德本来是一个没有受过教育的矿工，而现在居然是一个革命党人，并且在将来的工作上，李杰免不了要以他为向导！呵，如果地主李敬斋这时知道他的儿子，叛逆的儿子，和一个下贱的矿工睡在一张竹床上，那他将要怎样地不解而苦恼呵！……

"起来，饥寒交迫的奴隶。起来，全世界受苦的人……"

出乎李杰的意料，张进德忽然从梦中嗯嗯地唱起歌了。李杰不禁十分惊诧起来。

"张大哥，你，你是怎么了？"

张进德被李杰的这一问惊醒了。他揉一揉眼睛，很迟慢的，不解所以地问道：

"李，李先生，什么？你还没有睡着吗？"

"你刚才唱起歌来，我只当你……"

"呵哈！我唱出声音来了吗？奇怪！我做了一个梦，"张进德笑着说道，"我梦着我带了许多人马，将什么……敌人的军队打败了……后来又开了一个大会，到了很多很多的农人，我在演讲台上唱起革命歌来。刚唱了两句，不料被你叫醒了。你说好笑不好笑？"

"真有趣！"李杰也笑着说道，"你已经做了革命军的总司令了。我愿意做你的参谋长，你高兴吗？哈哈！"

这时张进德回想起来梦中的情形，半晌没有回答李杰的话。

十一

张进德在梦中的唱歌，同时也将睡在隔房的吴长兴惊醒了。晚间的余怒还未在吴长兴的心中消逝下去，他总想扭住谁个痛打一顿才是。如果不是张进德和李杰睡在隔房里，说不定他要在深夜里，又重新扭起他的可怜的无辜的老婆，无缘无故地痛打起来……

他，吴长兴，自然很清楚地知道自己的老婆没有什么罪过，而且比他自己更为可怜。自从她嫁给了吴长兴，她不但没有败过吴长兴的一点家私（在另一方面，他实在也没有家私可败呵），而且在风里雨里，实在帮了他不少的忙。她很忠实，她很劳苦，这些吴长兴统统都知道。在一个不大显露出来的心的角落里，吴长兴也藏匿着一点对于他的老婆的爱情。但是，吴长兴总是一个永远的被欺侮者，总是一个永远的无可奈何的气愤者。他种了五亩田，而东家尅苦他；他进城去卖柴，而那些城里买柴的人们作弄他；他经过有钱人的村庄，而那些恶狗要吞噬他；甚至于风雨霜雪……凡他所看见的，莫不都是他的仇敌。今天将钱去买了盐，而明天又没有油吃了；刚刚卖掉几担柴，预备聚几个钱买布做裤子，他妈的，忽然地保来了，说什么要纳军用捐……总而言之，这一切都使吴长兴气愤，而这气愤却找不到发泄的地方。命运把他捉弄得太厉害了，改变了他的神经的常度。他觉着一切都是他的仇敌，一切都使他气愤。但是他向谁发泄呢？他微小，他没有力量，他不但不能反抗李大老爷，连对付王地保也没有法子可想。但是他气愤，这气愤总是要发泄的，于是他的老婆便成为了他发泄气愤的对象。第一，她是他的老婆，而丈夫有打骂老婆的权利；第二，因为她是他的老婆，所以打骂的时候很便利，可以随意；这么一来，他便不问他的老婆有没有罪过，只要他一气愤时，他便在他的可怜的老婆的身上发泄了。

对于吴长兴，他没有出路，似乎打骂自己的老婆，就是他的出路，在最近的一两个月来，吴长兴听到一些关于革命军的消息，这使得陷在无涯无际的黑暗的深窟里的他，朦胧地见到了一线的光明，感觉到在这困苦的生活中，并不是完全断绝了希望。但是有时他又怀疑起来："鬼晓得革命军是好是坏？说不定，又是他妈的，像张黑虎的军队一样……"这种怀疑便又鼓起他的气愤来，如果他气愤了，这当然，他的老婆便要倒霉了。

他常常将自己和李家老楼的李大老爷相比。他不明白,为什么两个同是生着鼻子眼睛的人,会有这样天大的差别?李大老爷宛然过着天堂的生活,有财有势,他妈的,吃的是美味,穿的是绸缎,要什么有什么,而他,吴长兴,简直陷在十八层的地狱里,连吃的老米都没有!李大老爷虽然不动一动手脚,从来没赤过脚下田,割过稻,可是他妈的,家里的粮米却堆积得如山,而他,吴长兴,虽然成年到头忙个不得了,可是忙的结果只是一个空!……这到底是一回什么事呢?这难道说,他想道,真个是因为坟山风水的不同吗?乡下人的思想旧,都很深地具着迷信,但是吴长兴却不知因为什么,也许是因为气愤过度了,并没有什么迷信——他不相信李大老爷的享福,和他自己的吃苦,是因为什么坟山风水的好坏。

他仇恨李大老爷。但是怎样对付他的敌人呢?他什么也不知道。他知道李大老爷有一个儿子,这儿子在一年以前,他是时常看见的,不知为什么,跑到外边一年多没有回来,并且没有音信。"死了这个杂种!……让李敬斋断绝了后根!……"有时吴长兴不禁这样庆幸地想着。他对李杰虽然没有深切的仇恨,然因为他仇恨李杰的父亲的缘故,便也就对李杰不会产生好感了。"老子英雄儿好汉,老子作恶儿坏蛋,"吴长兴很肯定地想道,"既然李敬斋是这样子,那么,他的儿子也就好不到哪里去呵。"

出乎吴长兴的意料,一年多没有音信的李敬斋的儿子,忽然被张进德引到自己的家里来了。据吴长兴所知道的,张进德和李杰并没有什么过去的关系,也许连面都没见过,不料现在忽然……这真是天晓得是怎么一回事!为什么李杰,一个顶阔顶阔的大少爷,会于夜晚间降临到吴长兴的茅舍里?为什么他能和张进德忽然地交起好来?为什么于谈话中,于吃饭时,于就寝前,张进德能那样不客气地对待李杰?而李杰也为什么能处之泰然，好像和张进德是多年的旧友也似的？……

　　吴长兴无论如何不能明白他目前的事情。他想问一问张进德，得知道一点儿究竟，但没有相当的机会。同时，他产生了一点羡慕张进德的心情：张进德，也不过是一个粗野的汉子，居然能和李大少爷做起朋友来，居然能那样很自然地对待李大少爷，而他，吴长兴，无论如何都不能，绝对地不能……

　　似乎是快要到黎明的时候了。从什么地方已经传来了几声报晓的鸡鸣。吴长兴想重新入梦，然而结果是枉然无效。睡在床那头的他的老婆，似乎深深地叹息了几声，然而没有继续的动作。他不知道她是在梦里呢，还是在醒着。他想叫她一声，但忽然觉得一种羞愧的心情包围了他，使他如罪人也似的，没有胆量张开自己的口。这时他想起来了他的老婆是如何的忠实而可怜，他对待她是如何的残酷而不公道……"我应当即刻向她跪下，承认自己的过错呵！"他的思想忽然这样闪了一下，然而即刻为他的高傲所压抑住了。

　　睡在隔房的张进德与李杰，在谈了一番话之后，久已又寂静地睡熟了。吴长兴很苦恼地想道，他们俩也许在做着什么总司令参谋长的梦，很快乐的梦，而他，吴长兴，却睁着眼睛活受罪！……最后他的思想归结到：

　　"盐没有了。今天挑一担柴到城里去卖。顺便看一看革命军是什么样子也好……"

十二

　　在这一乡里，刘二麻子算是出色的人物。每一个人，差不多连会说话的三岁的孩子，都知道刘二麻子这个名字。这当然并不是因为刘二麻子有钱，他是一个地道的穷光蛋；这当然也并不是因为刘二麻子做过官，就是从他数起，一直数到他的五代祖父，也没有谁个荣享过官的名号；这当然更不是因为刘二麻子做过什么惊人的事业，无论什么惊人的事业，就是他在梦里也没有做过。这因为，呵，说起来很平常，因为他的脸上的麻子生得特别大而且深，差不多可以将豌豆一粒一粒地安置上去。此外，他的力气和水牛差不多，挑柴火的时候，他的担子一定要比别人的大。此外，也许还有一个原因，那就是他逢人便说他一定要娶老婆，但是老婆终究娶不着。

不要看刘二麻子这个称号传遍了乡间，但是刘二麻子自己却无论如何不承认这个称号。如果有谁个当面叫他刘二麻子，这就好像挖他的祖坟一般，他是要和你拼命的。因此，虽然人们在背后叫他为刘二麻子，但是当面却都叫他为刘二哥，或是刘老二。命运注定了他受穷，受欺侮——他觉得这都还没有什么。唯有天老爷给他生了一脸大而深的麻子，这使得他引为终身的莫大的恨事。他想，"我穷不要紧，为什么我要生一脸的难看的麻子呢？自然，有了这一脸的麻子，什么女人也是不会爱我的。……"虽然刘二麻子想娶老婆，而终究娶不到手的原因，重要的是在于他没有钱，而不在于生了一脸的麻子，然而他将自己的穷和娶不到老婆的重要的原因，却都推在他脸上的麻子的身上。生了这一脸的麻子，无怪乎受穷，更无怪乎娶不到老婆。

他喜欢和人谈起娶老婆的事情，因之，这一乡里的青年们都知道他对于娶老婆的事情，是怎样的盼望和焦急。有些不大老实的，多事的青年们，一见面时便向他打趣道：

"呵，刘二哥，亲说好了没有？什么时候请我们吃喜酒？……"

"刘老二，听说你要将赵家圩子的赵二小姐娶到家里来，是不是？"

"张家北庄的五小姐还没有出阁，你看好不好？托媒人去说亲啰！"

此外，还有许许多多打趣刘二麻子的怪话。刘二麻子一听到这些讯讽他的话时，便将脸上的麻子一红，说道：

"怎样？不要太小觑了人！朱洪武当年是放牛的，到后来做了皇帝。"

或者很严肃地说道：

"哼！凡事谁都说不定。时运到了，说不定我也会做驸马呢？你看，薛平贵……"

不过，刘二麻子之所以说出这些话来，并不是因为他有了什么信心，而只是暂时的对于自己的安慰。他很知道像他这样生了一脸麻子的人不配做皇帝，更不配被招驸马——皇帝的女儿，贵重的，娇滴滴的公主，所谓金枝玉叶，会下嫁一个顶丑的麻子吗？

总而言之，刘二麻子一方面对于娶老婆的事情很热心，一方面对于娶老婆的事情又很失望。他陷入很深切的悲哀里，但这种悲哀，在他急于需要人们的同情，而人们所给予他的，只是淡漠与嘲笑时，便使得他更加悲哀了。

但是，别看刘二麻子到处受着人们的嘲笑，他总禁不住自己将心中的悲哀向人们诉说……

那是一天的下午。刘二麻子在东山上打柴，无意中和张进德碰到了头。当他俩将柴打得够了的时候，便坐在草地上谈起话来。虽然张进德回乡来还没有几天，可是他们俩是老相识，谈起话来并没有什么客气。两人先谈起一些乡间的情形，后谈到各人自身的状况。刘二麻子当然免不了要将自己的悲哀吐诉出来。

"进德哥，你是君子人，"刘二麻子说道，"什么话都可以向你说。妈的，我总是想娶一个老婆，一个人不娶老婆，不是枉生一世吗？可是我，"说至此，他的两眼逼视着张进德，眼见得是要哭出来的样子，"我大概是要枉生一世了！……"

"这倒说不定。"张进德很同情地说了一句。

"是的，我大概是枉生一世了！这样穷，最可恨的是我生了这一脸……"刘二麻子没有将话说完，即将头低下去不响了。张进德明白了他的意思与悲哀，一时找不出什么安慰他的话来。

两人一时沉默起来了。张进德目视着他那额部上胀着的如藤条也似的青筋，那圆圆的大光头，那黝黑的后颈项，不知为什么，忽然间很尖锐地感觉到他内心的深切的，不可磨灭的悲哀，为他大大地难过起来。张进德很明白这种悲哀是为一般穷苦的少壮者所同具的，而他，张进德，也是无形中具着这种悲哀的一个。在此以前，他并没曾多想到关于男女间的事情，就是想到，那也不过是经过几秒间的轻轻的悲哀的烟雾而已，并没曾扰动了他的心意。他总是想道，这算什么！一个人不和女人睡觉就不能过活吗？……

但是，现在，他觉得他的一颗心也为刘二麻子的悲哀所笼罩着了。他想起来了在劳苦中度过去了的青春，想起来了他生了半世而从不知道女性的温柔与安慰……

忽然，在他俩背后的一棵松树上，不知是什么鸟儿，哇地叫了一声，接着便落下许多黄色的松针到张进德的头部上来，这使得张进德即刻好像从梦中清醒起来，将适才一种感伤的情绪驱除了。他昂起头来向那松树上望了一望，但并没有望见什么鸟儿，大概是已经飞去了。将自己振作了一下，张进德握起一直到现在还低着头的刘二麻子的手，说道：

"刘二哥！请你不要这样怨恨自己生了这一副脸孔。没有娶老婆的人多着呢，我不也是一个吗？谁个不想娶老婆？我当然也和你一样。不过你也要知道我们是穷光蛋，就是人家把女人白送给我们，我看我们也养活不了。妈的，只要有钱，就是瘸子也可以有两个老婆。你看周家圩的周二老爷不是瘸子吗？可是我们没有钱，穷光蛋，就是不是瘸子，也是尝不到女子的滋味的。你以为你的脸不麻，你就会娶得老婆了吗？老哥，这是笑话！"

"那么，我们就永远娶不到老婆了吗？"刘二麻子睁着两只放着可怜的光的眼睛，很绝望地这样问。

"请你不要老是想着娶老婆的事情！这世界是太不公平了。我们穷光蛋要起来反抗才是。妈的，为什么我们一天劳苦到晚，反来这样受穷，连老婆都娶不到？为什么李大老爷，周二老爷，张举人家，他们动也不一动，偏偏吃好的，穿好的，女人成大堆？……这是太不公平了，我们应当起来，想法子，将他们打倒才是！我们要实行土地革命，你懂得什么叫作土地革命吗？"

刘二麻子摇一摇头，表示不懂得。

"土地革命的意思就是将地主打倒，土地归谁个耕种，就是归谁个的，你明白了吗？有点明白了？好！现在，我们就应当想法子，干起来！……"

夕阳照射在刘二麻子的脸孔上，好像在那上面闪动着金色的波纹，加增了不少的光辉。忧郁和绝望的容色没有了，另换了一副充满新的希望的，欢欣的笑容。

"你，进德哥，"最后刘二麻子紧握着张进德的手，笔直地望着他的眼睛，说道，"你真是我的好朋友！妈的，我一个人，我这个脑袋总是想不透。肚子里饱藏着一肚子的怨气，可是不知道怎么样才能发泄出来。今天听了你的一番话，我真是高兴极了！好，我们就干起来！……"

张进德久已不唱山歌了。不要看今天的柴担很沉重，可是在归途中，他很高兴地和着刘二麻子唱起山歌来：

乖姐好像一朵花，
个个男子都爱它；
若是有钱你去采，
若是无钱莫想它。
……

十三

　　前天刘二麻子亲眼看见革命军来到了城里。而且他首先将这个欢欣的消息，传布给本乡的人们知道。这虽然不是什么伟大的功绩，然而刘二麻子却引以为生平最满意的事，因为首先传布这个消息的不是吴长兴，不是王贵才，甚至于不是张进德，而独独是他，刘二麻子。在另一方面，他就好像自身的痛苦因着革命军的到来，一切都解决了也似的，好像从今后没有老婆的他可以娶老婆了，受穷的他可以不再受穷了，甚至于他的那麻脸也可以变为光脸。关于革命军是不是革命的，能不能给他老婆，或是几亩略好一点的田地，他从没曾想到。他心目中的革命军是救苦救难的菩萨，既然革命军到来了，他想，那便什么事都解决了，受苦的可以幸福，作恶的可以定罪……

　　欢欣的心情使得刘二麻子昨夜做了一场温和的美梦。带着梦中的愉快的印象，今天一清早他便跑到张进德的家里来了。他一者约张进德同阵到城里去卖柴，二者想和他分一分享关于革命军到来了的欢欣，或者更和他谈谈这，谈谈那。在最近的时候，张进德差不多是刘二麻子的唯一的亲密的朋友了。

　　张进德和吴长兴两夫妇也早已起身了。在门外的小稻场上，张进德帮助着吴长兴捆柴。这柴是预备到城里换盐吃的。吴长兴的老婆蓬松着头，弯着腰在菜地里捡点着什么。这时朝阳初露出自己的温和的金面来，放射着不炎热而令人感觉着抚慰的光辉。吴长兴的黝黑的脸老是忧郁着，而张进德的面色却为着朝气而新鲜焕发起来了。他不时地带着微笑，向着初升的朝阳行着愉快的呼吸。田野间遍铺着露湿的，嫩柔的绿色。清晨的略带一点凉意的微风，似乎将这间茅舍内昨晚所演的一幕悲剧的痕迹吹散了。

当刘二麻子走近小小的稻场时，张进德和吴长兴已经将柴捆好了。吴长兴见着刘二麻子走近，只向他点了一下头，在脸上没有任何的表情。实际上他是瞧不起刘二麻子的，因为：第一，刘二麻子的脸太麻得厉害；第二，刘二麻子穷得和他差不多；至于第三……也许是刘二麻子到现在还没有娶得老婆……

"呵，老二，你今天过来得早呀！"张进德迎接上去，带着笑说。

"早？并不早呢。今天天气真好，我打算到城里卖柴去，不知进德哥你去不去？去看看革命军是什么样子也好呢。"刘二麻子说话时，差不多他的满脸上的麻子都笑着的样子。张进德听了他的话，便微笑着说道：

"本来打算是要去的，不过因为革命军已经到了我们的乡间了，我不必再去……"

张进德没有将话说完，刘二麻子即惊愕地插着问道：

"怎么？！你说什么？！革命军已经到了我们的乡间了？在什么地方？"

张进德见着刘二麻子那种惊愕的样子，不禁张口大笑起来了。

"你不要骗我呵！"刘二麻子又继续说道，"我一点儿也没听到这么一回事。"

"不，我不骗你，革命军真是来到我们这里了，不过来的是代表，你不信，请进屋内看一看便知。"

张进德笑着将莫名其妙的刘二麻子带进屋内去了。这时李杰已起了床，将身上的衣服穿好了。面容虽然是很清瘦，然因为是穿着武装便服的缘故，倒也显得是一个英气勃勃的少年军官模样。他见着两人走进屋内，便迎将上来。

"你看，这就是革命军的代表，"张进德见着了李杰，面对刘二麻子说道，"请认识认识，一个是革命军的代表，一个是我们乡间的光蛋……"

不知为什么，张进德今天感觉自己特别地高兴，特别地爱说话。对于沉静的他，今天的活泼的兴致，是一个例外。

刘二麻子第一眼见着立在他的面前的，是一个有威仪的革命军的少年军官，顿生一种乡下人怕官老爷的心情。他有点惶恐起来，不知如何是好了。等他再仔细看下去，他认识出来了这是李家老楼的李大少爷，也就是为他所时常骂起的李敬斋的儿子。"这是怎么一回事呢？"他想，"革命军的代表……李家老楼的大少爷……张进德的家里……"他不禁堕入五里雾中去了，一点也摸不着头脑。他一方面两眼圆睁睁地望着李杰，一方面局促得不堪，不知将脚和手放到什么地方。至于说什么话为好，那他当然更要忘记掉了。

"老二，你不认识吗？"张进德笑着问。

"是，认得，李大少爷……"刘二麻子很局促地，然而又是很恭敬地这样说。

李杰见着刘二麻子的不安的神情，不禁用手将他的肩头拍了一下，笑着说道：

"朋友！现在是革命的时代了。李大少爷没有了，有的只是李杰，我的名字叫李杰呵，有的只是革命军的代表……你明白了吗？"

刘二麻子什么也没有明白。为什么李大少爷没有了？立在他的前面而且和他说着话的不是李大少爷吗？……张进德见着刘二麻子发呆的神情，明白了刘二麻子从李杰的话中什么也没明白，便将他拉到凳子上坐下，细细地为他诉说关于李杰的一切……刘二麻子很恭顺地静听着一个大少爷变为革命党人的稀奇的故事。李杰立在旁边，凝视着张进德诉说的神情，不知怎样才能表示出自己的心中对于张进德的感激……

十四

青秋叶上的露珠还是莹莹地闪耀着，田野间的空气还是异常的新鲜而寂静，虽然一轮红日已经高高地悬在东山的顶上了。似乎一切的景物都表示着欢欣，似乎太阳也做着愉快的，充满着希望的微笑……

带着周身的不可思议的感觉，满腹中的特异的情绪，刘二麻子走出了吴长兴的家门。望一望露湿的，青滴滴的田野，和已经高悬着的太阳，他不知为什么，感觉自己变为另一个人了。出乎他的意料，他今日居然在吴长兴的家里会见了革命军的代表，而这代表又不是别人，恰恰是李大老爷的儿子，也可以说是他的敌人的儿子。在未听到张进德的解释之前，他曾发生过一瞬间的失望：李大老爷的儿子做了革命军的代表，那可见得革命军保护穷人的话是靠不住的了，因之什么土地革命，什么老婆问题，即张进德向他所说的一切，也是不会实现的了。但是，等到张进德向他解释了一番之后，他又格外高兴起来了：李大老爷的儿子都和我们穷人在一道，那还怕我们不成事吗？

"不，这恐怕有点靠不住，"中间刘二麻子曾这样想道："李大少爷放着大少爷不做，有福不享，来和我们革命干吗呢？他家里有那么多的田地，当真愿意分给我们穷人吗？为着什么呢？怕又向我们弄什么鬼罢……"

刘二麻子想到这里，张进德好像明白了他的意思也似的，开始向他解释李杰的为人，说道：

"你不相信李先生靠得住是不是？这也难怪，我们穷人受他们有钱的欺得太厉害了，哪能相信他们这般公子哥儿的话？不过这也不可一概而论，我在矿山上的时候，就遇见了许多很有学问的学生，他们本是有钱的子弟，可是现在牺牲了自己的福不享，专做些危险的革命的勾当……你知道李先生恨他的父亲，恨得很厉害吗？他说，他是不会回家的了，除非他的父亲死掉……"

"但是，李大老爷究竟是李大少爷的父亲呵。儿子反对父亲，难道是可以的吗？"

刘二麻子说着这话，向李杰望了一望。不知为什么，他的脸上的麻子，又红得发起亮来了。

李杰笑起来了，向刘二麻子走近两步，很坦然地说道：

"儿子不能反对父亲？从前是这样的，现在可就不然了。不问父亲的做善做恶，为儿子的一味服从，不敢放一个屁，这是很不对的事情。我的父亲欺负你们穷人，难道我也应当跟着他欺负你们穷人吗？你说这是对的吗？如果我跟着他作恶，孝可是孝了，可是我们这一乡的穷人就有点糟糕！父亲不过是一个人，不能因为一个人使得我们这一乡的人受苦。"

刘二麻子听了李杰的这一番话，心中虽然还是有点怀疑，但是转而一想，"李大少爷也许会说谎话，可是进德哥绝对是不会欺骗我的呵！……"于是他便把一颗信心坚固起来了。

见着吴长兴走进门来，刘二麻子便乘机向李杰和张进德辞了别。他和吴长兴的感情是很坏的，虽然这原因不能确定地说是在于何处。吴长兴讨厌刘二麻子，或者就因为那脸上的麻子，而刘二麻子不高兴吴长兴，或者就因为吴长兴有了老婆，而照刘二麻子的意见，像吴长兴这样闷鳖一般的人，实在没有娶老婆的资格……

好像伟大的幸福就要到临也似的，在归家的路中，刘二麻子不断地唱着他所最爱唱的一节山歌：

天上星来朗朗稀，

莫笑穷人穿破衣；

十个指头有长短，

树木林落有高低，

三十年河东转河西。

　　每逢一唱这一节山歌的时候，刘二麻子便精神百倍，快活异常，相信倒霉受苦的他，终有出头的日子。今天他唱得更为起劲。唱完了山歌，他抽起秧叶来，卷在手拇指上，吹得嘘嘘地响。因为不在意的缘故，路旁田中的秧叶上的露水，将他的蓝布裤子都打湿了，他一点也没感觉。

　　走到一块不十分大的，乱草蓬生着的瘗地。在东南的拐角上，葬着刘二麻子的三年前死去的老父亲。早死的母亲的坟究竟在什么地方，连刘二麻子自己也不知道，可是也就因此，他更加不能将他的父亲的坟墓忘怀了。每逢路过此地，他总要到墓前磕几个头，祷告几句。遇着有钱的时候，他还买点纸箔烧烧，尽一点孝道。

　　父亲如刘二麻子一样，也是穷苦一生，没有走着好运。三年前他不明不白地屈死了。他本在胡根富家帮工，因为勤谨忠厚的缘故，在主人家过了五六年的日子。有一次胡家失了窃，丢了一小锭银子，成了天大的事情。胡根富硬说是他偷的，逼他把银子交出来。可是胆小的他既然没有做贼，当然交不出银子，于是被胡家痛打一顿，撵出门外来了。据胡根富说，因为存着善心的缘故，才没把他送入官府，但是，可怜的老人家惩罚已经受得够了，不但被痛打了一顿，而且没领到在胡家做了两年的工钱，于是他一气便气死了。

　　刘二麻子邀几个穷朋友，匆匆地用芦席将自己父亲的尸体裹住，便在这块公众的瘗地埋下了。既没有和尚道士念经做斋，也很少亲朋吊丧，更没有谁个出来为屈死的老人家向胡根富说一句公道话。刘二麻子知道父亲是屈死了，但是人微势小的他，又有什么报仇的方法呢？……

光阴如箭也似的飞快，转眼间可怜的老人死去已三年了。在这三年的时间中，刘二麻子也曾动过几次报仇的念头，但是因为胡根富有钱而他是穷光蛋，胡根富的人多而他孤零零的一个，总没有得到报仇的机会。今天刘二麻子又跪在他的父亲的墓前祷告了。荒凉的土堆仍旧，离墓不远的几株白杨树还是寂寥地在那里孤立着，好像对着这些混乱交错的，微小的，不庄严的坟墓，做着永远的凭吊也似的。但是刘二麻子今天的情绪却与往日的不同了。他开始相信父亲的仇终可以报，而胡根富并不是一个什么大有力量的人，而他从今后也不是孤零零的一个了。……

他很高兴地，矜持地想道："现在是我们穷光蛋的时候了！……"由于愉快的心情，他的面容不禁光彩起来了。从坟地立起身来之后，他向着好像象征着胜利也似的太阳深深地呼吸了几口气。

十五

昨晚因为吴长兴的老婆失了常态，致李杰没有将她的面目看得清楚。今早在同桌吃稀饭的时候，李杰将她打量一番，觉得她虽不甚美，却是一个很干净而又勤谨的农妇。她身上的蓝布衣已经有了很多的补丁，李杰觉得，即此一端也可见得她不是如吴长兴所说的败家精了。劳苦的面容证明了她在生活中所受的劳苦，而这劳苦她是没有解脱的方法的。工作的艰苦，丈夫的打骂，无论在哪一方面，都稍微得不到一点儿人生的幸福！唉！中国的农妇呵！……想到最后，李杰于不知不觉间长叹了一口气。

李杰侧过脸来，再看看吴长兴。一个极沉默的乡下人，劳苦的汉子。

面容上虽然现出来许多蛮气，但他的眼睛却放射着忠实的光，证明他不是一个恶狠的人。匆忙地吃过两碗稀饭之后，他赤着两脚，一言不发地就拿起扁担走出门去了。张进德将口张了一张，似乎要向走出门的吴长兴说什么话，但终于没说出来。

"李先生，你昨晚上不是说要到王荣发家去吗？"早饭吃了之后，张进德这样开始问李杰。李杰忽然觉得"先生"这个称呼不大妥当，似乎太生疏一点，便即刻稍红一红脸，有点难为情似的向张进德说道：

"张大哥，请此后不要喊我李先生好不好？"

"那么，我怎么称呼你才好呢？"

"或者叫我的名字李杰，或者叫我同志。我们既然是同道的，当然不能见外了，可不是吗？"

"也罢，"——张进德看着李杰笑了一笑，说道，"那我就叫你李同志罢。我在矿山上，那里做工作的同志们也都不客气地称呼大家同志。起初我觉着很不对劲，后来也就叫熟了。你今天到底到不到王荣发的家里去？"

"一定去。你可以同我一阵吗？"

张进德摇一摇头，说道：

"我不高兴到他的家里去。他的儿子王贵才那小子和我倒很合得来，可是那个老头子太固执了，我不高兴见他的面。你自家去罢，我不去。我去到东乡里山那边找两个朋友，顺便商量一商量组织农民协会的事情，等你回来我们再仔细商量一下。"

"这样也好。"李杰因为这里是他的熟悉的家乡，一切路径差不多都知道，也就不勉强张进德和自己同去。……

天气异常的明朗，田野间充满着新鲜的气息。一壁看着绿茸茸的田野，一壁感受着温和的微风，李杰的身心加倍地舒爽起来。满眼都是为他所熟视的景象。在阔别的一年中，这故园的景象没有一点儿变更，仿佛伸展着温柔的怀抱，等待着游子的归来。李杰本来是这一乡间的骄子呵！……

走着走着，李杰将别后的家乡重新认识一番，好回忆起来幼时以及一年前不久的往事。呵，这一条弯曲的小河沟依旧流着清滴滴的水，在这里李杰不是曾和着王贵才一块摸过鱼，捉过虾吗？李杰的家人们曾禁止过李杰在河沟里摸鱼，为的是怕他落水淹死了，然而胆大好玩的李杰，总是偷偷地和着小朋友王贵才一道，来做这种冒险的然而是有趣的玩意儿。现在李杰成人了，就是王贵才也未必再来到此地做儿时的勾当罢。……呵，这一块小小的柳树林依旧如旧日的葱绿，在这里李杰不是和着王兰姑时常有过约会吗？在一株大的柳树根下，李杰不是曾拥抱过王兰姑，和她喁喁地情话吗？……李杰实指望娶兰姑为妻，实指望永远地和着温柔美丽的兰姑，做着永远的爱情的梦。不料固执的，重势利的父母竟阻碍了他们的好事！说什么门不当户不对，说什么兰姑的出身卑贱，她的父亲王荣发不过是一个不受人尊敬的农夫而已。然而兰姑已珠胎暗结了，既不能嫁李杰，当然只有寻死的一条路，免得受人的耻笑。于是兰姑自尽了，接着，李杰也就和他的父母脱离而抛弃家庭了。抛弃了家庭之后，李杰因为生活的飘泊，及决心从事革命运动之故，也就把屈死的兰姑渐渐忘怀了。那时只有工夫对于将来的希望，现时的奋斗，而没有工夫对于过去的回忆。今日，忽然又身临到旧日的树林，在这里他曾做过在此生中最甜蜜的梦……

李杰走进林中，来回绕了几个圈子。后来他倚着一株大的柳树，闭眼回忆了一回，就在此时他仿佛听见兰姑的脆嫩的话音，温馨的气息。她的那种朴素的仪容也就微笑着隐现在他的眼前了。……忽然，"兰姑是为着我而屈死了的呵！"这一种思想打破了他的甜蜜的回忆，他于是睁开眼睛，叹了一口长气。

走出树林之后，李杰暗暗地自语道：

"兰姑！你是为着我而屈死的，这一层我永世也不会忘记。我这一次回乡，虽然不是专为着你，但在我们的革命成功之后，你的仇也就可以顺带地报了呵！"

　　想至此处，李杰不禁停住脚步，向李家老楼所在的方向望去：只见那高昂的楼阁仍旧，一种尊严的气象依然，还是一年前兰姑未死时的模样。但是那时那里住着的还是他的父母，而现在那里住着的却是他的敌人了！为着这一乡的农民，为着兰姑，为着他，李杰自己，打倒你这罪恶的渊薮呵！……

十六

　　老人家王荣发无论如何思索，都不能明白年轻的一代人。世道的确大不相同了：一般青年人欢迎新的而厌恶旧的，他们对于服顺的，静寂的乡村生活，很急烈地表示不满足了。不但在服装上极力模仿城市中的新样，而且在言行上，他们似乎都变成无法无天的了。尤其是在最近，一般青年人都如同中了魔似的，大大地不安分起来。他们居然很流行地言谈着什么土地革命，什么打倒地主李敬斋……在王荣发年轻时，他听也没听过这些无法无天的话，更不必说在口中乱喊了。现在他看见一般青年人这样地胡为，想想自己的过去，比一比，也难怪他要时常地叹息。

　　前天晚间王荣发的儿子王贵才，不顾及自己湿淋淋的一身，很高兴地回来报告"革命军来到了……"弄得王荣发听了，生了一场大气。昨天午后王贵才又不知从何处召集来了四五个年龄相仿的小伙子，来到自己家中，噪扰了大半天。有的说，去投革命军去；有的说，不如大家即在乡间干起来，把李家老楼和张家圩子的房子烧掉……在这些讨论者们的中间，王贵才尤多发了议论。当时老人家立在院内，听着自己的儿子如发了疯也似的，尽说些不法的话，几次禁不住要跑出来揪住王贵才打骂一番，免得他生非惹祸。他想，王贵才就是一个大大的祸根，如果这些话传到李大老爷的耳里，那还得了吗？说不定连他这样老人家都要杀头定罪。但是不知为什么在另一方面，他听着青年们所说的一些无法理解的，然而是很新奇的话，无形中感觉到一种兴趣。只在他们散开了之后，王荣发才把自己的儿子狠狠地骂了一顿。

"我下一次再不准你将这些混账东西带到家里来胡闹了。你要造反，你要发疯，你尽管和着他们到外面去，可是在我的家里是不行的呵！"

当时王贵才听见父亲的责骂，不表示反抗，只轻轻地，低首下气地说道：

"你怕我在家里闹，我就出外去好了。明天我打算和何四毛到城里去投革命军去。不但不在家里闹……"

"什吗？！"王荣发将猫须眼一睁，即时变了苍白的面色，急促地说道，"去投革命军？你，你，你真，真发了疯吗？……"

王贵才不发一言，便走出门外去了。到要上灯吃晚饭的时候，家人们还不见王贵才回来。王荣发还假装着镇静，可是老太婆，王贵才的母亲，却向他的丈夫大大地抱怨起来了。

"都是你不好呵！你为什么要骂他？少年人气盛，如果真个去投革命军去了，你说那倒怎么办呢？你我这样老了，只有他这一个儿子……"

老太婆说着，流起老泪来了。王荣发听了老婆的话，表面虽还继续表示着镇静，心内却也有点不安起来了。无论王贵才是如何的不安分，但是他究竟是他的希望，是他的唯一的儿子呵。如果去当兵，被打死了，那时他老夫妻俩将靠谁人呢？想至此地，老人家又觉得自己有点不是了。

家人们吃了晚饭之后，王贵才才从外边回来。老太婆本待要安慰他几句，询问他到什么地方去了，曾吃过晚饭没有，可是他不声不响地一回来便向床上躺下睡去了。今天早晨很安静地过去，早饭过后，王贵才开始打着草鞋。父亲有事出门去了。母亲在菜园里整理青菜。只剩下毛姑一个人伴着他的哥哥在家里。毛姑坐在她的哥哥的旁边，手持着父亲的草鞋，低着头做着。两人各注意各的工作，默默地一声也不响。后来毛姑忽然停下针线，向着她的哥哥问道：

"哥哥！昨天你向父亲说，你要去投革命军去，这事情是真的吗？"

"为什么不真？"贵才不向他的妹妹望，这样简单地说了一句。

"哥哥！那可是使不得的！"毛姑接着说道，"自古道，'好铁不打钉，好男不当兵'，难道你不知道吗？我看你近来简直有点不对……"

没等毛姑将话说完，贵才抬起头来，向毛姑严肃地说道：

"现在是革命的时候了，你晓得吗？革命军比不得往时的……"

"什么革命军不革命军，当兵总是一样的。"

毛姑说着，又重新做起针线来了。房里一时地静寂。贵才打好了一只，又开始打第二只，心中甚是得意，因为这一双草鞋是预备明天穿着到城里去的。

过了半晌，毛姑又停下针线，向贵才问道：

"哥哥！你知道李家老楼李大少爷在什么地方吗？"

"你问他干什么？"贵才不禁惊异地回问她这么一句。

"听说他在革命军里是不是？"

"我不知道。也许是的。"

"你忘记他了吗？"毛姑继续说道，"他害死了兰姐，兰姐是他活活害死的！"

毛姑说着，两眼望着她的哥哥，表示十分的气愤。

"这也怪不得李大少爷，那都是他的父亲，那个老东西的罪恶。李大少爷本来是要娶兰姑的，他在我的面前就说过好几次。不料他的父亲总不答应……他之所以跑出去，一年多到现在还不回来的原因，不是因为兰姑死了吗？你不要错怪人，他的确是一个有良心的人。"

"可是兰姐总是因为他死的呵！"

两人又静寂下来了。

经过了十几分钟的光景，贵才忽然抬起头来笑道：

"你知道革命军里也有女兵吗？"

如蓦然听到天大的奇怪新闻也似的，毛姑即时圆睁着两只眼睛，向她的哥哥惊异地问道：

"你说什么？女兵？革命军里也有女兵？"

贵才点头笑道：

"是的，不相信吗？听说女兵比男兵还能打仗呢！她们和男子一样……"

"呸！那倒像个什么样子！女孩儿家不在家里做活，倒去当什么兵，抛头露面的，不成样子……"

毛姑将话刚说到此地，话头忽被稻场上的犬吠打断了。她倾耳以听，自对自地说道："有客人来了不成？"

"妹妹，你出去看一看，到底谁个来了？"

毛姑立起身来，将手中的女红放到藤盘里，拍一拍胸前的蓝布衣服，便走出去了。

十七

吴长兴家和王贵才家的距离，不过三里多路的光景。李杰一边走一边想着，不觉已经来到王贵才家的门口了。数间茅屋仍旧，屋角那边的一块小竹林还是如先前一般的青葱。稻场前面的池塘的水似乎快漫溢出来了的样子，那曾为兰姑所蹲在上面的洗衣跳板，快要被水浮起来了——一霎时李杰又不禁回忆起来了当年兰姑洗衣时的情景：兰姑一边用手洗着衣服，一边侧过脸来，向立在她旁边的李杰腼腆地微笑道：

"大少爷，站开些呵！你那绸子做的夹袍，莫不要被水溅湿了。"

"我这绸子的夹袍倒没有什么稀罕，"李杰笑着更向她走近一步，说道，"可是你要当心点，不要落到水里去了呵！"

"谁稀罕你说这些不利市的话来！"

说着这话时，兰姑的脸上泛起一层薄薄的桃云，很妩媚地瞅了李杰一眼，遂又低下头默默地洗衣服了。李杰这时觉得兰姑是异常的可爱，异常的有诗意，一颗心禁不住在摇荡了……

"嗥！嗥！……"犬声把李杰对于过去的梦提醒了。李杰还认得这一只黄犬，即一年前见着李杰来时便摇尾乞怜的黄犬，不料现在见着李杰，如见了生人一般，嗥！嗥！不止地狂吠起来了。它似乎有上前来咬啮的模样，李杰不禁着了慌，欲将它打开，而手中没有棍子。

"狗都对我这样地生疏，"李杰一瞬间很失望地想道，"说不定它家的人也是这样的呵！说不定它家的人都在恨我呢……"

狗愈逼得厉害了，没有给李杰继续思想的机会。正在为难的当儿，忽听见一声娇滴滴的叱狗的声音。李杰举目一看，不禁一时地呆怔着了。只见走向前来的，是一个十七八岁模样的姑娘，身穿着蓝布的衣裳，虽不时髦，然而并掩盖不了她那健康的，细长合宜的身材，脸上没有脂粉，微微地现着一种乡村妇女所特有的红紫色，可是她那一双油滴滴的秋波似的眼睛，那带着微笑的一张小口……这并不是别个呵！这是兰姑，为李杰所爱过，适才又想起的兰姑！

但是李杰知道得很清楚，兰姑久已死去了。他想起来了这是同兰姑具着同一的音容笑貌的毛姑，兰姑的妹妹。只仅仅一年多不见，毛姑已经长成和她的姐姐一样，成了一个美人儿了。李杰呆望着向他走近的毛姑，一时说不出话来。毛姑走到李杰面前，向他很惊诧地细审了一番，半晌才羞怯地说道：

"我道是谁，原来是李大少爷到了。你看，我家的狗发了疯，连李大少爷你都不认识了，如果咬伤了，那可了不得！"

毛姑脸红起来，向李杰微笑了一笑。

"不，不，不会咬伤的！"李杰现着局促的样子，胡乱地说了这么一句。毛姑不再说话，便转身引着李杰向屋内走去。见着毛姑将李杰引进屋来，正在打着草鞋的王贵才，将未完成的一只草鞋一丢，立起身来，便走向前来将李杰的手拉起，很欢欣地叫道：

"我道是谁个来了，原来是你呵！唉！大少爷，你一年多都没有回来，简直把我们的乡间忘掉了罢？你几时回来的？才回来吗？"

毛姑仍向原来的位置坐下，两眼望着门外，眉峰蹙着，如有什么思索也似的。李杰和着贵才向上横头一条长凳子坐下，贵才依旧拉着他的手，开始向他问这问那。久别的两位朋友四眼相对着，都表示无限的欢欣来。尤其是李杰感觉到异常的欣幸，原来贵才还是和他同往时一样地亲密呵！……

"你身上穿的什么衣服？"贵才问。

"这是武装便服，在军队中穿的。"

"你在革命军里很久了吗？"

"有不少时候了。"

"你这次还回到军队里去吗？"

"不回去了，我是回来组织农会的。"

"你，你是回来组织农会的？"贵才大为惊异起来了。"农会不是打倒地主的吗？"

"不错，"李杰点一点头说道，"农会是要为农民说话的。农民被压迫得太厉害了，现在应当起来解放自己才是。"

"但是你的父亲……"

李杰不待贵才说将下去，便接着说道：

"我的父亲？我和他久已没有什么关系了。自从一年前跑到外边之后，我连一封信都没给家里写过。现在我这一次回来，你知道我没有到家去过吗？"

"怎么？"贵才更加诧异起来了。"你没到家里去过？你昨晚上在什么地方过的夜？"

"在张进德的家里。我恐怕就在他的家里住下去了。家里我是不回去的。"

贵才低下头来，沉吟着不语，好像思想着什么。一直坐到现在默然不发一语的毛姑，慢慢地将自己的眼光挪到李杰的身上，将他仔细打量了一番，似乎研究他所说的话是否靠得住的样子，后来很羞怯地开始说道：

"大少爷，你真的和家里不好了吗？你是不是真革起命来了？"

"毛姑娘，我这一趟回来，就为着这个。等到一把农会组织起来，我们便要土地革命，便要不向地主纳稞稻了。你家今年所收的粮食，再也不要向李家老楼挑了。"

毛姑听了这话，即时将脸上的不快的表情取消了，很快乐地说道：

"大少爷，你说的是真话吗？"

"谁骗你来？不是真的还是假的不成？毛姑娘，请你此后不要再称呼我大少爷了，怪难听的。就叫我的名字好了，或者叫我李大哥……"

李杰说到此地，不知为什么，脸上有点泛起红来。毛姑现出一种感激的神情，然又含着笑，很妩媚地说道：

"这可是要遭罪了。大少爷究竟是大少爷，我们怎么敢这样乱叫……"

王贵才见着自己的妹妹尽说些客气的话，不禁插着说道：

"什么大少爷小少爷的！李大哥既然革起命来了，那就是和我们一样，没有什么少爷和小人的分别了。"

话刚说到此地，王贵才的父亲从门外走进来了，李杰只得立起身来，走向前去，口称"荣发伯"，很恭敬地见了礼。李杰只见他驼着脊背，口衔着旱烟袋，走路踉跄的模样，活现出一个劳苦的老农来。李杰记得，他耕种李家老楼的田，已经有几十年了。在那驼背上或许还可以找得到几十年的劳苦的痕迹来……

十八

如果王贵才对李杰的态度是亲密的，热诚的，如果毛姑对李杰的态度是平常的，然于平常之中又带着一点儿傲意，则老人家对李杰的态度，却与他的两个儿女的不同了。他恭恭敬敬地将迎接他的李杰扶到上横头坐下，向后退了两步，向着李杰说道：

"大少爷是什么时候回来的？有一年多没有听见大少爷的音信了。大少爷在外面过得好吗？"

李杰局促得要命，在和两兄妹谈话之后，他真不知道该如何对待这位老人家才是。毛姑走到后面去了。贵才立在旁边不动，脸上还带着一点儿笑容，李杰不明白他是在暗笑自己，还是在另想着什么心事。

"呵呵，老伯请坐……我是昨天回来的……老伯在家里好吗？……"

王荣发听见他的小主人称呼他"老伯"，似乎也局促得不堪，不知如何对待李杰为是了。

"不敢，不敢，大少爷不要客气。"老人家说着，走至桌边，伸手从茶壶里倒出一杯茶递与李杰，大概想借此以遮掩他局促的神情。李杰至此，不问老人家高兴听闻与否，便将他自己一年来的经过，如何脱离家庭，如何投入革命军，现在又如何回到故乡来……详细地说了一遍。李杰不打紧地说了，可是将一个安分的老人家惊诧死了。第一，李杰说，他脱离了家庭，和父母断绝关系，这就是大大的不孝；第二，李杰说，他回来组织农会，劝老人家不要再向李家老楼纳稞租了，这简直是疯话！老人家只当自己的儿子王贵才发了疯了，却不料这位李大少爷更发疯发得厉害。这简直是"一遍荒唐言，句句该打嘴"呵！但是老人家始终把李杰当作主人看待，不敢指责李杰的不是，只吞吐地说道：

"不过，李大少爷，怨我年老的人多嘴……这……这样是不行的……家庭哪能够不要了呢？依我想，李大少爷还是回家去望望，免得老爷和太太生气……至于说不交租的话，大少爷你能够说，可是我们耕人家田的绝对不敢做出这种没有天理的事情！……"

王贵才听见父亲向李杰说出一些不耐听的话，只气得鼓着嘴，但又不敢作声。后来他忍不住了，向他的父亲说道：

"爸！不要向李大哥说这些话了！现在讲的是革命，一些老道理不适用了。"

老人家将眼一睁，怒视着他的儿子说道：

"放屁！你知道什么！我活了这么大的年纪，难道连你都不如了吗？！"

接着又转过脸来，笑向着李杰说道：

"我劝大少爷还是回家去住的好。如果大少爷回到乡里来不回家，这传出去的确不好听，说不定老爷和太太要见怪我们当庄稼人的呢。将两位老人家气坏了，那可不是玩的……"

李杰见着老人家啰里啰唆地不歇，不禁有点烦躁起来了，但又不便在他的面前发脾气。他想，"我怎样对付他才好呢？我怎样才能说得他这一副老腐的脑筋明白呢？"李杰还没思想出什么方法来，只听老人家又继续说道：

"你看这上边供的是'天地君亲师位'，这不是大少爷你在几年前亲手写的吗？"

李杰不由得愕了一愕，怎么！这是他李杰亲手写的吗？……两眼将那墙上贴着的一张已经褪了色的"天地君亲师位"细细地审视了一下，李杰不禁想起来了：不错，这是他李杰亲手写的呵！为什么他于几年前会写出这种东西呢？他想起来，不觉自己也好笑了。

"老伯，此一时也，彼一时也，现在这种东西用不着了。那时我自己也糊里糊涂，所以会写出这种东西来，现在我可明白得多了……"

老人家不等李杰说下去，便摇头道：

"不，大少爷！无论时候变到什么样子，这几个字总是丢不掉的。好，既然说现在是民国了，没有君了，但是大总统不和君是一样的吗？不过称呼不同便了。至于'亲'，那更是丢不掉的，人而不尊重父母，那还算是……（老人家本欲说出"那还算是人吗？那真是连禽兽都不如了！"可是没有说出来，他即转变了话头，恐怕太得罪李杰了。）自古道，'万恶淫为首，百善孝当先'，大少爷读书的人，当然要比我们墨汉知道得多些。依我之见，大少爷还是以搬回去住为妥……"

王荣发本待要继续说将下去，可是手提着一竹篮青菜，他的老太婆走进来了。老太婆见着李杰，又说出许多寒暄的话来，问这问那地闹个不休，可是一肚子不耐烦的李杰，只勉强顺口和她搭讪几句，乘机立起身来，向王贵才说道：

"贵才！我一年多都没回家乡了，请你带我走出去，在附近逛一逛，好吗？"

面向着稻场外面，立着不动的王贵才，也老早不耐烦了，一听见李杰的这话，便即刻回过脸来，很高兴地回答道：

"好，我们就走罢！"

贵才说着先自走出门去，生怕他的父亲把他重新喊将回来。李杰并没有向两位老人家说什么话，也就跟着贵才走出门来了。

王荣发见着两位走出门去，自己痴呆地在门中间站立了一回，吸了几口已经熄了的旱烟袋，缓缓地自语道：

"你看，这才叫着怪事！我生了这么样大的年纪，从来没看见过！父母娘老子不要了，连田地家当也不要了。……怪事，真真的怪事！"

刚要转弯走进过道门的老太婆，听见她的丈夫这样说话，不由得停住脚步，很惊讶地问道：

"你说谁个连父母娘老子都不要了啊？"

王荣发没有回答他的老婆，回过脸来，重新走进屋内，向凳子坐下叹道：

"唉！世道变了！"

十九

张进德望着走出门去的李杰的背影，暗暗感觉到一种为从来所未有过的欢欣。他意识到他从今往后有了帮手了。在此以前，他有过问题而无处问，有过困难而没有谁可以商量，虽然很坚信自己的力量，然而他总觉得有点孤单的痛苦。在这一乡中，他是一班青年农民的领袖，再也找不出一个比他更为明白，更为有学问的人来。例如王贵才，刘二麻子，李木匠，吴长兴……为人都是很好的，他们也很能听张进德的话，然而在工作上，他们有谁个能够做张进德的帮手呢？

现在有了李杰了。李杰不但因为是李敬斋的儿子，更能号召一般人，而且他进过学堂，读了很多的书，做过许久的革命工作。张进德想道，如果李杰在这一乡中为首干将起来，那是比较容易有成效的。青年们有许多问题，间或张进德也回答不出来，可是今后有了李杰了，青年们对于革命当然更加要起劲了。

想象到将来和李杰一块儿工作的情形，张进德不禁欣然地独自微笑起来。在此以前，他万料不到李杰竟会回来和他一道儿革命——李杰本来是李家老楼的大少爷，地主的儿子，这一乡的敌人呵！"世界上也真有许多难料的事情！"张进德后来想道，"儿子会反对老子，地主的儿子会干土地革命！……"

"表弟！"吴长兴的妻从自己的卧房内走出来，向微笑着的张进德说道，"李大少爷是到王荣发家去吗？我问你，他为什么不回家？"

吴长兴妻的话将他的思想打断了。一瞬间就同没听明白她的话也似的，张进德向他的表姐带着疑问也似的审视了一下，只见她的发髻虽然是梳得很妥贴，可是右腮庞上的伤痕还未消去。他不禁又回想起昨晚的情景来了。

"你问他为什么不回家？"张进德半晌方才说道，"因为他不愿意回他那个不好的家了。他是革命军的代表，他这一次回来是要革他老子的命的。你明白吗？"

她将头摇一摇说道：

"我一点都不明白。老子的命也可以革得吗？"

"为什么革不得？只要理对，无论谁个的命都可以革得。儿子可以革老子的命，妻可以革丈夫的命。"

"妻可以革丈夫的命吗？"

"为什么革不得？像长兴哥这样对你不好，你就应当向他革命。"

吴长兴妻低下头来，叹了一口气。过了半晌，方才抬起头来，两眼汪汪地望着张进德说道：

"表弟，你教我怎么革法呢？这种狗也不过的日子，我真不愿意再过下去了。他一有什么不对劲，就拿我出气，不是打就是骂，你看这样我还能活下去吗？听说革命军也有女兵，我想我不如去当女兵去，打仗打死了也算了，免得在家里和他过这狗也不过的日子。表弟，你也要帮帮我的忙才是，你看我可以去当女兵吗？"

张进德不直接回答他表姐的问题，说道：

"长兴哥的为人也并不怎样坏，不过是穷糊涂了。荷姐！请你不要着急，我慢慢地自有法子。等到我和李大少爷将农会组织好了，我们定下一条章程：为丈夫的不准无故打老婆，谁个犯了这条章程，谁个就要受罚，那时包管长兴哥也就不敢打骂你了。"

吴长兴妻听了这话，乐得两眼几乎淌出眼泪来，脸一红，笑着问道：

"真的有这回事吗？"

张进德笑着点一点头。他的表姐继续问道：

"你们什么时候组织农会？也许我们女人加入吗？"

"当然也许你们女人加入的。"张进德说道，"只要赞成的都可以加入。不过像李大少爷的父亲那样的人，是不准加入的。"

"表弟！我一定加入你们的农会！不加入便不是人！不但我要加入，我一定也要教李木匠的老婆，前庄子何老四的老婆，还有我的妹妹，一齐加入进来。表弟！我们女人不革命，真是不能混呵！"

张进德见着他的表姐这般高兴的神情，的确为从来所未有过。从他到她的家里时候起，他差不多没见过她舒展过一双蹙着的浓眉，更没曾听见过她的笑声。今天她这样一乐，张进德不禁觉得她轻了几岁年纪。本想再和表姐谈将下去。可是张进德想起来去找李木匠的事情，便向他的表姐说道：

"哎哟，时候已经不早了，我要去找李木匠去。"

"请你也将这农会的事情告诉李木匠老婆一声好吗？使她听了也快活快活。"

"我一定告诉她！"

张进德说着便走出门去了。他的表姐乐得忘记了自己要到菜园里去拔青菜，目送着他走了之后，便坐下独自一个儿遐想。

"老婆也可以革丈夫的命，大概现在是我出头的时候了。长兴的脾气太坏，动不动就打骂我，等到农会成立了之后，那时我看你再欺压我罢，那时我看你这黑种谅也不敢了！……"

她却不知道她的丈夫吴长兴这时在路中，肩上担着重担的木柴，也在想着关于农会的事情。不过他的希望却与他老婆的不同：他希望农会一成立，他便可不再受东家的欺，不再如像现在的穷苦，而他的老婆却希望着农会能帮助革她丈夫的命……

二十

光阴一年一年地过去，而李木匠所盼望着的漂亮的衣服，总还未穿到他的身上来。光阴一年一年地过去，而李木匠所盼望着的报仇的机会，总还未临到他的手里来。老婆日见不好看起来，他自己也逐渐一天一天地倒霉起来，说不出来是一种什么碰见鬼了的运气！

生性爱漂亮的他，偏偏生为一个穷苦的木匠，不但漂亮的衣服没得穿，而且连吃饭都成为问题。他生得一副比较白净的面孔，一双使女人销魂的眼睛，一头乌黑的头发，如果用漂亮的衣服装饰起来，难道不是一个美男子吗？但是他是一个木匠，虽然生着好看的面貌，却不能达到他那爱漂亮的愿望。每逢一见人穿着漂亮的衣服时，他不禁便悲哀起自己的命运来了。幸而他还有为人注目的一点，那就是他头上的乌黑的头发，被他用了功夫，分开梳得光溜溜的——即此一端，李木匠也可算为这乡间的出色人物了。

尤为他引以为不幸的，那就是已故的老木匠，他的父亲，不知发了什么昏，为他讨了一个脓包的老婆！据李木匠自己的意见，她不但生得如鬼也似的，并且如猪一般的笨，一点儿都不能给他以稍微的女性的安慰。他是怎样地喜欢女人呵，可是他的老婆却这样地脓包！这真令他悲哀极了！如果他自己也有个比较漂亮一点的老婆，那他何至于去偷人家的女人？那他何至于被胡根富家打了一顿，至今身上的伤痕还是斑斑点点的？

　　那是前年的春天，胡根富家请李木匠打一张木桌，为的是他的手艺比别人强些。胡根富有两个媳妇，那个大媳妇也是一个乡下的脓包货，惹动不了李木匠的春情，可是那个二媳妇，据说是城里人，却有点风骚可爱了。李木匠在胡根富家只做了两天工，便于第二天夜里和胡根富的二媳妇勾搭上了。也是该李木匠活倒霉，不料他和胡根富的二媳妇正在稻场上的草堆里云行雨意的当儿，胡根富的二儿子鬼使神差地找了来，便将一对爱人儿活捉住了。李木匠见势头不对，本待要逃跑，可是胡根富的二儿子的力气很大，一把将他按在地下，用拳头将他痛打了一顿。这一次他吃的苦可真不小，几乎被胡根富的二儿子送了命。在黑夜里一步一步地连爬带走逃回家去，因为伤太重了，在床上足足躺了五六天。

　　他不敢声张，白白地吃了一顿老亏。但是说也奇怪，李木匠因为偷女人被打的这种消息，也不知被何人说出，不久便传遍乡间了。凡是家有女人的，都存着戒心，李木匠莫不要来偷他家的女人罢？……这么一来，李木匠的灾祸却真正地临头了！凡是家里有年轻的女人的，谁个也不敢请李木匠到家里做活了。李木匠既失了大半的雇主，他便逐渐穷困下来了，幸亏还有一个脓包的，然而能苦累的老婆，否则，他就此弄得讨饭也说不定。

　　乡间有一些好事多嘴的家伙，每逢一遇到李木匠时，便要打趣他，弄得他气也不是，笑也不是。

"李木匠，胡二嫂子的味道好不好？"

"胡老二的拳头梨，你吃得有味吗？"

"现在又和哪家的女人勾上了？"

"……"

李木匠一听到这些打趣他的话，便红着脸走开了。这是他最没有名誉，最倒霉的一件事，如果谁个一提起来，他便觉着有无限的羞愧和难过。"向胡根富的二儿子报仇呵！……"他总是这样想着，但是事情已过了两年了，李木匠的仇终究没有报。胡根富家逐渐地有钱起来，而李木匠却依然过着穷苦的生活。近来李木匠益发穷苦得不堪了，几番想去投军吃粮，然而又舍不得虽然是不好看的，然而是很忠实的老婆。

不要看李木匠的行为不检，不要看他是倒霉，可是他却生着一副硬骨头，不肯在人们面前示弱。他本是李家老楼的近族，因为李敬斋讨厌的是穷苦的家族，李木匠便也就硬着头，不去向他家告饶。如果有人问他：

"你和李家老楼李大老爷怎么叙？"

李木匠便不高兴地将脸一翻，说道：

"我也不请求你修谱，你问这样清楚干什么！他姓他的李，我姓我的李，没有关系。"

自从前年以来，李木匠觉得他在这乡中是一个孤零零的人了。一般青年人见了他的面，不是打趣他，便是骂他，简直没有一个同情他，和他做朋友了。他也就很傲着性子，不理睬他们，故意地不把他们放在眼里。

半月以前，张进德回到家乡了。起初，李木匠并不向他表示着亲热，可是见了几次面之后，李木匠觉得张进德并不像其他的人尽管轻薄他，于是他便和张进德亲近起来了。张进德觉得他很忠实天真，慢慢地和他说这说那，说到革命的事情，也说到李木匠的穷苦的生活……李木匠惊讶张进德很有学问，以为他是一个了不起的人物，便诸事都信从他。张进德劝他不要过于欺压他的可怜的老婆，他近来当真地听从张进德的话，很少有打骂老婆的时候了。

今天他帮着他的老婆在山脚下锄地，低着头儿默不一语。手腕酸了，他暂时停了工作，举目向前面的大路上望了一望，只见前面的一个人正向他这儿走来，不待细看，他已经认出他的朋友张进德了，他将锄头往肩上一丢，便迎将上去，远远地就打招呼道：

"进德哥你来了吗？"

"你们夫妻俩在锄地吗？豆子今年长得好不好？"张进德说着，便和李木匠对起面来了。李木匠要他进茅舍里吃一杯茶，可是张进德不肯，倒将李木匠拉到草地上坐下，开始向他说出来意。

"李大少爷难道也和我们一道吗？"李木匠射出不信任的，怀疑的眼光，向张进德望着。"农会是我们农人的，穷光蛋的会，和他有什么相干呢？说起来，我们还要反对他呢。"

"老弟，你不知道，李大少爷和他的父亲是死对头，他看不惯他父亲的胡行霸道，所以这次回来帮我们，将农会组织起来，和他老子作对……"

李木匠将手中的锄头向地上点了几下，两眼逼直地向前望着。张进德知道他在思想着他所说的话。

"你不相信吗？"张进德问。

李木匠忽然如梦醒了也似的，惊怔了一下，赶快回答道：

"不，不，我并不是不相信你的话，不过觉着有点奇怪罢了。那么，我们什么时候动手呢？"

张进德便教李木匠腾出一天工夫来，好和他所认识的人报告一声，请他们后天都到关帝庙里开会……

李木匠很欣然地答应了。

"进德哥！以后无论你有什么事情叫我做，我没有不做的。"后来李木匠很慎重地说道："在我们这一乡间，我只信任你一个，你知道吗？那些狗娘养的，造他妈，和我是合不来。"

"这也不可一概而论。年轻人不知事故，嘴里乱说，其实他们都很不错呢。例如王贵才，刘老二……"

张进德还未将话说完，李木匠将两眼睁得一圆，有点不平的样子说道：

"你说的是刘二麻子吗？这小子想老婆想得浑了，老是和我作对，他妈的！"

张进德略微将头部侧过一点，见着继续在锄着地的李木匠的老婆，遂笑着说道：

"你近来又打过你的老婆吗？"

李木匠即时呈出笑容，摇一摇头说道：

"我的老婆走了运，近来我没有打过她了。"李木匠说至此地，不知为什么沉吟了一会儿，后来带点伤感的声调说道，"说一句良心话，我怎么配打她呢？她苦呀累呀没有歇过，而我反来要打她骂她……自从听了你的话以后，我就变了。有时想起来从前我待她那样地不好，不免要懊悔起来。唉，你看她是怎样地可怜！……"

李木匠的神情深深地在表示着他对于过去有了忏悔的决心了。张进德不禁为他所感，很同情地望着他那蹙着的浓眉毛，想找出一两句话来安慰他。但终于没说出来。忽然想起荷姐的吩咐，张进德便笑着向李木匠问道：

"你知道农会组织起来了，要有一条章程吗？"李木匠连忙问道：

"有一条什么章程呢？"

"为丈夫不得无故打骂自己的女人。你赞成吗？"

李木匠笑着沉吟了一会儿，说道：

"赞成我倒是赞成的，不过我总觉得这一条章程没有什么大要紧……"

"不，很要紧！大家都是人，为什么女人要受男人欺呢？不加上这一条章程，那我们的农会便不能算为农会。"

"不过，我想，不赞成这一条章程的人怕很多呢。比方你的表姐夫便不赞成……"

"他不赞成也不行，我的表姐要革他的命了。我的表姐告诉我，她要将我们这一乡的女人们都联合起来，革命……"

李木匠不禁笑起来了。

"我的乖乖，女人也起来革命吗？哈哈！"

张进德昂头看一看空中的太阳，见着快要到吃中饭的时候了，便立起身来，将屁股上面的灰土拍了一拍，说道：

"好，我要回去了。你当心点你的老婆罢，谨防她要革你的命呵！"

"我不怕她，"李木匠也立起身来摇头笑道，"她是一个脓包货呵。大磨都压不出一个屁来。"

张进德转身去了。李木匠望着他的背影，心中还是继续发笑："我的乖乖，女人也要起来革命了！哈哈！……"他不禁向自己的劳动着的老婆很有趣地，没有恶意地，笑眯眯地瞟了几眼。

二十一

久别后的两个青年朋友，就如鱼遇着水也似的，欢欣太巨大了，两人一时都不能将它表示出来。李杰说，要贵才引着路，瞻览一瞻览别后的乡园……可是走出了大门之后，两人的谈话却使得李杰将瞻览景物的心情抛弃了。贵才宛然忘记了李杰是和他身份不同的人，絮絮叨叨地为李杰讲述这两年来的家乡的变更，以及李杰的父亲的近况。

"不久从城里带回来一个小老婆，"贵才忘记了李敬斋是李杰的父亲，好像谈论着关于别人的事，很欣幸地说道："可是过了一个多月就死了，大概是她不走运。"

"你没听见我的母亲怎样吗？"

"呵，这可没听见。"贵才摇一摇头，略露出一点抱歉的神情。李杰沉默着不作声了，两眼只向李家老楼所在的方向望去。贵才的家距离李家老楼不过半里路，因之望得很逼真。只见那圩埂边有一个人在徘徊着，活像李敬斋的模样，然而李杰并不向贵才提起他所见的对象，掉转话头，向贵才问道：

"你家近来怎样呢？"

贵才两眼望着地下，无精打采地说道：

"怎么样，还是和从前一个样！去年借了许多债，今年还没有还清，又加之年成不好……"

贵才说至此地停住了，举目向李家老楼所在的方向望着。李杰明白了他的意思，不禁红了一下脸，说道：

"我的父亲还像从前一样地凶吗？"

"你想他会好一点吗？我真不知道你为什么有了这种父亲……"

李杰一瞬间为做错了什么事也似的，深深地对贵才起了愧对的感觉。真的，他为什么会有这种不好的父亲呢？……

"这又有什么办法呢？"李杰带着愧意地笑道，"不要着急，今年你家就可以不将稞稻挑给他了。我这一次回来，也可以说是专为和他作对呢。"

贵才没有作声。两人默默地走了几分钟之后，李杰看见前面有一个生满青草的土堆，便走向前去，将贵才拉着坐下了。坐下了之后，两人如同陌生也似的，又重新互相审视一番。仿佛各人都要在自己友人的脸上，找出别后的变更的痕迹来。贵才的一双秀长的眼睛还是像从前一样地放着光，可是他在表情上已大半脱去先前的孩子气了。他已成了一个年轻的农人了。见着他剃得光圆圆的头，李杰不觉发生一种特别趣味。如果这是在以前的时候，李杰一定又要将贵才的光圆圆的头摸一摸了。

贵才见着他的朋友，也不像先前的模样了。李杰身穿着武装便服，头戴着一顶卷边呢帽，这令贵才觉得，他已成为了一个很庄重的人，而不像先前的有点顽皮的李大少爷了！只见他满脸呈现着风尘的疲劳，不似先前白嫩的面色，腮庞上的两个笑窝也不如先前的活泼了。但是他的两眼英气逼人，这证明他仍旧没有改变他先前的性格。

"幸亏你早回来两天，"贵才将李杰打量了一番之后，说道，"不然的话，我们怕见不到面了。"

"为什么呢？"李杰很惊异地问。

"我打算后天上城里去投革命军去。"

李杰初听着贵才的这一句话，如不明白他的意思也似的，向着他的严肃的面容呆怔了一会儿。后来李杰问道：

"你家里让你去当兵吗？"

"我要去，他们不愿意，也是没有法子想。我这两条腿是干什么的呢？"贵才说着时，将两腿动了一动。"你不也是从家里跑出去的吗？"

"唉，不瞒你说，"贵才伸出两只粗黑的手给李杰看，向着李杰继续说道，"这双手已经劳苦得够了，你看看这种粗黑的样子！一年忙到头，到底为着何来？你看看我身上所穿的衣服，你看，这不是破了几个洞吗？我们在风里雨里累着，却连一件好衣服都没有穿，你看这种日子还有什么过头呢？像这种乡下人的日子，我是不愿意过了。我老早就想去当兵，总没有当得成，现在我可真要去当兵了。听说当革命军的兵比一切都好……"

"你恐怕还不尽知道我们的苦楚，"贵才停了一会，又继续说道，"因为你究竟是没有拿过锄头呵！……老实告诉你，我从前老是羡慕你，看见你吃好的，穿好的，住好的，并且能够上洋学堂念书……你知道我是怎样地想念书呵！可是我偏偏生成是一个穷人，空有念书的志愿。过着坏日子，这我也并没有什么话说，不过我不能念书，这却是我最大的恨事！你想，目不识丁，该多么苦呵！”

贵才说着，脸上现着痛苦的神情。李杰静听着他的可怜的年轻的朋友，不知拿出什么话才能安慰他。一边望着贵才的聪明的面孔，一边想道：“如果他能念书，那他一定是很聪明的呵！……”

“我老是想，”李杰又听着他的朋友说道，“现在的世界真是太不公道了！坐着一点不动的，反来什么都有，快活不尽。终日劳苦的，反来连饭都没有吃。我不相信我比那些公子哥儿笨些，可是我没有书念，只得……”

贵才没将话说完，叹了一口长气，将头低下去了。李杰见着他的黝黑的颈项，呆怔了一会儿，后来开始安慰他的朋友道：

“老弟！你不要灰心，将来总有念书的机会。现在的世界真是太不公道了，也就因为这个缘故，我们才要革命。革命并不是如先前一样，只是我把你打倒，或是你把我打倒，就算了。我们现在要把这穷富的制度改变一下。我们要做到‘谁个劳动，谁个才能吃饭’的地步。这田地本来是天生成的，谁个也不能占为己有。换句话说，只有种田的才能享受田地的……权利，什么不劳而获的地主，那是不应当存在的。你明白这个道理吗？”

“我比谁个都明白些。”

“那就好了，”李杰又继续说道，“事情在于我们干不干。我们要在几天之内就把农会组织起来，张进德已经在进行了。事情要大家齐心才成，一个人是不能够的。你也不要去当兵罢，那当兵也没有多大意思，不如我们在乡里好好地干起来。我想，你是很有用处的，张进德说你很能干……”

"真的，张进德是这样说的吗？"贵才听了李杰夸赞他的话，不禁即刻眉开眼笑起来了。

"自然是真的啰。"李杰说。

天已快要到吃中饭的时候了。远近的村庄里冒着炊烟，一股一股地消散在清澈无云的碧空里。在田中工作着的农夫们，有的已开始走回家去就餐了。在距离李杰他们不远的一条田埂上，有一个荷着锄头的青年农夫在一边走，一边唱着音调尖脆的山歌。李杰曾在什么时候也和着贵才唱过这支山歌，但是他现在却只能听懂而不能再唱了。

"天不早了，"贵才昂头望一望顶上的太阳，说道，"我们要回去吃午饭了。"

"我也到你家里去吃饭吗？"

贵才听了李杰的话，不禁立起身来笑道：

"怎么？你嫌吃不来我们家的饭吗？要想和我们一道革命，便要先学学吃我们的饭呵！"

李杰也笑起来了。

"不是这么说，我是怕你那位尊大人又要叨叨个不歇呵。……"

二十二

已是夜阑人静了。毛姑在自己独睡的竹床上，总是翻来覆去不能入梦。一颗平静的少女的心，今夜算是摇荡起来了，如脱了羁绊的小马也似的，她无论如何，不能将它挽住。又如一只跳跃着的小虫也似的，她总是对它捉摸不定。她觉着有一种浅浅的愁闷的云雾将她笼罩着了，同时她的柔软而又缥缈的情绪，又似乎在为着什么而欢欣着也似的……她到底为着什么了呢？幽怨吗？怀春吗？抑是今夜的月光特别地皎洁，照在她的枕上，引动了她对于过去的回忆吗？不，不是因为这个缘故……

日间毛姑的哥哥和李杰的谈话，差不多都被她在篱笆后偷听着了。她是一个女孩儿家，而且是一个乡下的女孩儿家，当然没有胆量，如她的哥哥贵才一样，和来到家里的李杰说这问那，虽然她是很想要知道外边的情形，例如上海的女人穿什么衣服，广东的女人是不是大脚，以及关于她所听见的一些稀奇的传闻，是不是真有其事……但是她是一个女孩儿家，只得暗地偷听着他们俩谈论些什么。可是贵才向李杰所问的话，大半都不是她所要知道的，而她所要知道的，不懂事的贵才却一点也不提及。贵才为李杰叙述些乡间的疾苦，而李杰却说些为毛姑所不大明白的话，什么北伐军……国民革命……打倒帝国主义……唤起民众……妇女部……女宣传队……毛姑当然不明白这些是怎么一回事。乡间的僻静的生活，尤其是女人们的生活，限制住了毛姑的听闻，因此毛姑虽然偷听了李杰的话，却不能明白那些话的意义。

但是，在另一方面，她又隐隐地感觉到她有所颖悟了的样子。在此以前，她只知道这乡间的贫乏的，简陋的生活，只知道有钱的人们，例如李家老楼的人，穿好的，吃好的，住好的，而他们，种庄稼的穷人，过的是不好的日子，而这日子将永远地继续下去，毫无变更的可能，而且差不多也没有变更的必要。她只知道她现在还没有出嫁，等到出嫁了之后，那当然是嫁给一个身份和她相等的人，一个农家的儿子，也和她的妈妈所经过的一样，帮助丈夫做庄稼，烧锅，生儿子……每一个农人家的女儿都是这样经过，她，毛姑，又如何能想出例外的事呢？

现在毛姑却觉悟到了，那就是除开这种平常的，沉滞的，单调的生活而外，另外还有一种别的，为她所不知道的，也许是有趣的生活。什么妇女部，女宣传队，革命……这是一种别的生活，和她现在所过着的完全不相同的生活。在这乡间，女人们的职务只是服侍丈夫，烧锅，生孩子，而在那外边，在那为毛姑所没到过的地方，什么广东哪，上海哪，汉口哪，却有着什么妇女部，女宣传队，宣传着一些什么革命的事情……这的确是另一种的生活呵！而这生活也许是有趣的，正当的罢，否则，那些女子们为什么要干这些事呢？

听见革命军中有女兵，毛姑无论如何不愿意相信。女子也可以当兵吗？那倒成个什么样子？那将成为些野人，不能称为女孩儿家了。可是今天听见李杰的话，革命军中真的有女兵，并且她们很勇敢，很会宣传什么革命。"那些女兵到底不晓得打扮得像个什么样子呵？有机会能够看一看，也是怪有趣的……"她不禁这样地幻想着，由于紧张的幻想，她的一颗平静的心便不住地跳动了。

她是很怨恨李杰的。她平素想道，如果没有李杰，那她的亲爱的兰姐便不会怀孕，便不会死去。兰姐完全死在李杰的手里呵！……"可见得女孩儿家要当心呵！一不当心，便会上那些没有良心的男子汉的当。兰姐自己太不当心了！明明知道李大少爷不能娶自己，为什么要和他……呢？李大少爷会娶我们穷人家的女子吗？"毛姑一面责备自己姐姐的不是，一面却深深地将李杰怀恨在自己的心里。

见了李杰之后，毛姑不知为什么，完全将恨李杰的心思抛弃了。她只对于他的经过，以及他所说的一切，发生深切的兴味，而将他的罪过忘怀了。曾有一瞬间她想道，"如果我也是一个男子汉，也能像他这样跑到外面去，见一见世道，倒多么好呵！这乡间的死板板的日子有什么过头呢？……"

毛姑今晚完全被一种为她所没经过的，另一种生活所引诱住了。她睁着两只眼睛向着略透一点微光的窗孔望着，而脑筋却幻想着女兵的生活，打仗的情形，上海的热闹……最后她不由自主地转想到李杰的身上，想起他的那一双英锐的眼睛，那珠红染着也似的口唇，那温雅而又沉着的态度，一颗处女心不知怎的，忽然异样地动了一动，接着她便觉得脸上发起烧来。她用手按着胸部，慢慢地将眼睛闭上了。一种从来所没有的特异的感觉，使她的全身心紧张起来，几乎陷入到病了的状态。

在处女的生活史中，毛姑今天第一次感到自己对于男性的渴慕了。她还没有正式地意识到她爱上了李杰，但是她感到李杰这个人隐隐地与她的命运发生了关系。李杰现在和她的哥哥睡在她的隔壁房间里，她能微微地听出他的鼾声，那鼾声不似贵才的那般沉重。唉，如果她现在能够偷偷地走至他的床边，仔细看一看他那睡着后的姿态……

后来她想道："他居然完全不摆大少爷的架子，也吃得来我们家的饭，也睡得来我们家的床被，简直和我们家的人一样了。兰姐没有福气，不能嫁给他。不然的话，活到现在，革命起来了，李大少爷也许会娶她的呢。你看，他不是不要家了吗？不是现在睡在我家里吗？……"毛姑不但原宥了李杰的过去，而且反转来为兰姑可惜，同时她想到她自己现在能够见着李杰的面，能够听见他的谈话，而且能够在隔房里听见他的鼾声，不禁隐隐地起了一种难以言喻的欢欣。也就被这一种欢欣所引诱着，她慢慢地走入梦乡了。

二十三

第二天的下午，在吴长兴门外的树荫下，聚集了许多人：吴长兴，李杰，王贵才，张进德，刘二麻子，李木匠，及两个本乡的青年。吴长兴的老婆坐在屋里没有出来，也不知是因为她自己不高兴参加男人们的会议，抑是男人们的会议不准她参加。除开李杰外，其余的都是所谓本乡的不安分的分子，即如到会的那两个本乡的青年，也是因为一个是很顽皮，而另一个是瘌痢头，得不到本乡人的欢喜的。

李杰和张进德坐在上边，而其余的人们都向着他们俩围坐着。在座的人们的脸上仿佛都是很静肃的，即如那个生着黄发的顽皮青年，到了现在也不像往日的那般顽皮态度了。他们好像都意识到他们在开着一个意义很大的会议，而这会议不但与每一个人的命运有关，而且和一乡的命运有关。平素在生活中看不见自己本身的意义的，现在忽然感觉自己在这生活中占着重要的位置了。

先由李杰用极浅近的话，向在座的人们说了一些国际间的情形，中国的现状，北伐军的进展，以及工农的解放运动。最后他说到本乡的情形，他的脸上有点发红，然而他终于在众人的有趣的，疑信兼半的眼光之下，很坦然地将自己的父亲虐待农人的事情说了一遍。

"我们现在只有将农会组织起来，"他最后的结论说，"好和地主对抗，不然的话，种田的人的痛苦是永远没法脱去的。"

等李杰说完了之后，张进德把自己所懂得的又向大家解释了一番，劝勉大家努力团结起来。

"现在是革命的时候了呵！"他很严然地，沉重地说道，"我们还不起来干一下，还等待什么时候呢？诸位试想想刚才李先生所说的话错不错！要想出头的，那么现在就要将农会赶紧组织得好好的，不想出头的，那也只得让他去，你们有什么话说吗？"

张进德立着身子不动，只将放着炯炯的光的两眼向大家射着，期待着大家的答案。这时在座的人相互地你望望我，我望望你，有的低下头来，一时的默然。忽然李木匠立起身来，咳嗽了几声，红着脸说道：

"我看干，我们总是要干的，没有什么多说头。不过李大少爷是不是能和我们干到底，这倒要问问李大少爷一声。如果半截腰里不干了，那我们不是糟糕吗？"

大家听了李木匠的话，齐向李杰射去怀疑的眼光，这使得李杰深感着不安起来。李木匠对于他这种不信任的态度，以及众人向他所射着的怀疑的眼光，将他的骄傲心触动了，他不自然地向着坐在拐角上的李木匠，他的族叔，怒视了几眼，硬行按着性子，镇定地说道：

"木匠叔叔所虑的极是，不过请大家放心，"他微笑了一笑，"我是不会装孬种的。李敬斋他虽然是我的父亲，可是我和他久已没有关系了。因为和家里闹翻了之后，我才跑到外边去过了一年多，木匠叔叔难道不知道吗？……"

李杰待要说将下去，不料坐在他的前面的矮子王贵才陡地立起身来，愤愤地向大家说道：

"李……李大哥，（贵才不知在众人面前怎样称呼李杰才好。）请你不要多说了，我想在座的人，除开李木匠而外，没有不相信你的。你不是来帮助我们革命，那是来干吗呢？如果你没有真心，那你也不至于来和我们瞎纠缠了。这于你又有什么好处呢？我看我们讨论正经事要紧，不要七扯八拉地说到旁的地方去了。"

李木匠待要立起身来反驳贵才的话，只听得张进德向贵才微笑着点头说道："对！不错！"他知道自己如果再说话也没有好处，便沉默着不动了。刘二麻子见着贵才将李木匠说了一顿，不禁表示出很得意的神气，连脸上的麻子都放起光来。如果不是张进德和李杰在座，说不定刘二麻子要说出几句俏皮话，而李木匠要因此和他吵打起来。

贵才见着大家向他展着同情的微笑，不知为什么，反而红起脸来，也许是由于得意了的缘故，悄然地坐下了。接着张进德又开始说道：

"真的，我们现在要讨论正经事，农会怎么样组织法。比方会里要分为几部，什么会长，秘书，账房……"他转过头来，向坐在他旁边的李杰问道，"李同志，你看怎么样才好？"

李杰沉吟了一会儿方才说道：

"我看越简单越好，可不是吗？"

"就分为会长，秘书，账房，还有……跑腿，这几项，你看好吗？"

"跑腿也能算一项吗？"贵才急着问。

"跑腿很要紧呢！在我们的乡里，如果没有跑腿的，那有起事情来，大家怎么知道呢？"

"这个差使我来干。"李木匠听见刘二麻子说着这话，很轻视地向他瞅了几眼。

"跑腿我是顶在行的。"黄头发的顽皮青年这样笑着说。可是没有一个人睬他。

"我看这样分得很好，"后来李杰立起身来说道，"会长，秘书，账房，跑腿……到将来事情多了的时候再说。比方还要加上妇女部……"

"什么妇女部？"沉默到现在的吴长兴，忽然发问了这么一句，大家都惊异地向他望着。

"妇女部是管理妇女事情的。"李杰说。

"农会也要管到妇女的事情吗？"有两个声音同时这样惊异地问。

"这真是三岔口的地保管得宽呢。"李木匠轻轻地带着讥讽的口吻说了这么一句。李杰明明听见了李木匠的话，知道他因为不满意李敬斋，李杰的父亲，而遂连对李杰也不高兴了。但是李杰不和李木匠计较，又继续说下去道：

"是的，农会也要管到妇女的事情。不过暂且不要妇女部，等到将来再说。我看，现在大家要慎重商量一下，举出谁个来做会长妥当些。"

一时的默然。李杰见着大家不作声，遂又说道：

"我提议我们举张进德来干，你们赞成吗？"

正在立着不动，好像在思想着什么也似的张进德，听见李杰的这个提议，起初不明白是怎么一回事，后来忽然将头摇了几下，摆手说道：

"不，这是不可以的。我怎么能当会长呢？我连字都认不得一把，你们看怎么行？我看这会长，除开李同志干，没有第二个人，你们说对吗？"

众人齐声附和着说道：

"对！赞成！"

这时唯有李木匠默不一语，如很失望也似的，低下头来。李杰注意到李木匠的这种神情，不禁暗想道，"他为什么老是这样地不快活我呢？我并不是李敬斋呵！……"李杰一面这样想着，一面向大家坚决地说道：

"不，这个是绝对不可以的。当会长并不要什么识字不识字，最要紧的是明白，会干事。试问你们哪一个不佩服张同志呢？这会长是一定要他干的。至于秘书，那我看，倒要我来干了，因为这要写字，不识字的人是干不了的。顶好张同志当会长，我当秘书，这样做起事来便当得多。"

张进德欲再说什么话，李杰将他止住了。会场上大家听了李杰这一番话之后，虽然没有一个作声，可是在他们的表情上，已都承认李杰的意见是对的了。

"那么还有账房和跑腿谁个干呢？"贵才又急着问。

"当账房的也要认得字，"刘二麻子红着脸说道，"我看也要李……李大少爷来干。还有跑腿……我来干好不好？这反正不要什么学问，只要两条腿跑得快就得了。"他说完话，向李木匠望着，生怕李木匠说出反对的话来。

"这样也好罢，"张进德说道，"就是这样决定罢了。我本来没有当会长的力量，不过大家既然要我干，那我也只好干起来。明天关帝庙的大会，大家要多多地带些人来，我们的农会也就在明天宣布成立……"

"会所放在什么地方呢？"贵才又起来问。

"就放在关帝庙好吗？"张进德问。

"恐怕老和尚不答应。"直到现在都不被人理睬的瘌痢头忽然说了这么一句。他的朋友，那个黄头发的顽皮青年，人家称为小抖乱的，吐了一口痰沫，表示出轻视的态度，说道：

"呸！管他妈的愿意不愿意！现在是革命的时候了，弄得不好，我们发起火来，叫他那光葫芦滚回老家去。"

大家不禁同声笑起来了。

后来大家胡乱地说了一些话便散了会。刘二麻子得到了跑腿的差使，如同做了大官也似的，一路的山歌唱回家去。李木匠虽然抛弃不了怀疑李杰的心思，可是也很满意地和张进德辞了别。黄发青年和他的朋友瘌痢头相互地搀扶着肩背，在归家的途中商议着，如何收拾关帝庙的老和尚……唯有吴长兴始终没有明白一个问题，继续地在暗自思忖着："为什么农会要管到女人的事情呢？"

二十四

本来僻静的，沉滞得几如死水一般的乡间的生活，近两日来，忽然沸腾起来了。在田角间，在茅屋内，或在路途上，到处言谈着关于农会的事情。似乎发现了一种什么奇迹也似的，大家的心都为着这奇迹所刺动了，期待着一种新的命运的到来。老年人闻着这种消息，心里也何曾是漠然不动，但是在表面上，他们总是都很不在意地，轻蔑地以这事为瞎闹。

"这些痞子又不安分起来了！"老年人说道，"什么农会！瞎闹罢了！我看他们能弄出什么花样来！……"

但是好动的，多事的，身心还未为旧的生活和观念所吞食了的青年们，却很高兴地响应起来。他们还不大明了农会是什么东西，农会将来能给他们些什么利益，但是他们毫无怀疑地即刻将组织农会的事情，认为最有趣的，和自己命运有关的事情。如果老年人以为组织农会无疑是犯法的行为，那青年们便以为这农会是他们的唯一的出路……

听说要在关帝庙开大会，无论老年人，青年人，或妇女小孩子，都动了不可遏止的好奇心，以为非去看一下热闹不可。关帝庙是时常有香会的，每逢香会的节期，便有人扶老携幼地来看热闹——这次有些乡人们也把农会当成新花样的香会，要来看一看为他们从来所没看见过的热闹了。懂事的老年人虽然以这种开会为不正当，但是他们存着一种心思："看看你们这些痞子闹些什么玩意儿呵！……"于是他们也就来赴关帝庙的大会了。青年人一方面固然是赶热闹，但是一方面却为着组织农会的口号："土地革命"，"减租"……所鼓动着。以为非参加关帝庙的大会不可了。他们成群结队地来赴会，一种特别的欢欣贯穿了他们的跳动着的心，使得他们今日所唱的山歌也特别地美妙好听起来了。

有的妇女们带领着小孩，也喜笑颜开地来赴会，虽然她们不知道这会儿究竟是怎么一回事。

不到午后两点钟的光景，关帝庙前的空场上，人众已挤得满满的了；无数的头颅乱动着；几百张口嘈杂着的声音，令距离很远的地方都听闻得见。有的三三两两地谈着话，有的脸上露出不耐烦的神气，骂道："妈的，为什么还不开会呢？"有的妇女见着自己怀内的孩子哭了，咒骂几句，打拍几巴掌，使得已经哭了的孩子更加号叫起来……

大家期待着舞台的开幕。只见摆在空场中间的一张木桌子上，立起一个汉子来，向他下面的人众举一举手，高声说道：

"请大家不要说话，放静一点，我们现在要开会了……"

"这是张进德呵！"台下有人这样说道，"这小子的喉咙这样响。"

"不要作声，听他说。"

"我将今天开会的意思告诉大家一声，"大家都很寂静地听着张进德说道，"就是我们要组织农会，要和田东家反抗。大家想想，我们种田的人终年劳苦个不休，反来吃不饱肚子，穿不了一件好衣服，这是因为什么呢，你们晓得吗？"

张进德说了这一句话时，睁着两只大眼，炯炯地向台下的听众望着，好像期待着他们的回答也似的。台下这时寂静到风吹树叶的声音都听得见，没有一个人敢大声出气。不知为什么，连小孩子也不作声了。

"这是因为我们做出来的东西，"停了一忽儿张进德将手一伸，说道，"我们自己得不着，反来送给动也不动的田东家了。我们简直像田东家的牛马一般……"

台下忽然不平静起来了，只听得嘈杂声音：

"不错，真不错！妈的！"

"我们真像田东家的牛马一样。"

"就是牛马也比我们好些呵！"

"妈的！"

"……"

"这又怪谁个呢？"张进德的这一句话，又把台下嘈杂的声音压平静了。

"这是怪我们自己呵！大家试想想，如果我们种田的人都联合起来，不将我们的稞稻送给田东家，试问田东家有什么法子呢？这田地本来是天生成的，大家都有使用的权利，为什么田东家能说这田地是他们的呢？为什么他们动也不动，为什么我们乖乖地将自己苦把苦累所做出来的东西送给他们呢？冤大头我们已经做得够了，从今后我们要实行谁个劳动，谁个才能吃饭的章程，打倒田东家！……"

台下大声鼓噪起来了：

"对呵！打倒田东家！"

"打倒李大老爷！"

"打倒张举人！"

"打倒……妈的！……"

台上的张进德又摇起手来，高声说道：

"请众位不要叫，听我说！那么，我们怎样才能打倒田东家呢？一个人的力量是不够的，我们要联合起来，我们要组织农会，我们要……"

"不错！我们要组织农会呵！"有人从会场角上高叫了这么一声，引得无数的头颅都转动起来，很惊奇地向那个发出高声的方向望。张进德继续往下说去的话，被众人这一种莫名其妙的惊奇所撇过了。

"你看，这是谁个上台了呀？"有人见着张进德往下去了之后，走上来了一个穿灰衣服的青年，不禁这样惊奇地问。

"这是……"

"呵，这是李家老楼的李大少爷呵！他怎么……"

人众异常地惊诧起来了，只听见不断的声音：

"你看，李大少爷！"

"李大少爷！"

"他不是跑到外边去了吗？……"

李杰镇定地站了一会，开口向台下的人们说道：

"请大家不要再叫我李大少爷了。我现在和你们一样，只是一个革命党，不是什么李大少爷。我老早就和我的家庭脱离了。现在是革命的时候了，你们大家知道吗？刚才张进德所说的话一点都不错，就是从今往后我们种田的人要联合起来，打倒田东家，不要再受他们的压迫才是。比方我的父亲，李大老爷，你们哪个不恨他呢？可是你们怕他有财有势，不敢反抗他，现在既然是革命了，那你们便不要怕他，将他打倒才是……"

台下的人众又开始纷纭议论了：

"这是怎么一回事呀？他说他要打倒他的父亲……"

"现在是革命的时候了，儿子可以革老子的命。"

"这真奇怪，他居然叫我们打倒他的老子。这未免革命革得太过头了罢？"

立在会场左角的两个驼了背的老头儿，手中扶着拐杖，这时相对着叹道：

"唉，我生了六十多岁，也没听见有儿子叫别人去打他老子的事情。现在真是人心大变了！……"

"无论老子怎么样不好，为儿子的也总不该叫人去打他呵！唉，这是什么世道！"

"别吵，听李大少爷说！"老人家正在慨叹的当儿，立在他俩前边的一个十五六岁模样的孩子回过脸来，将眼睛怒视着，如教训小孩子也似的，向他俩说了这么一句。两位老人家向他将白眼翻了一下，也就不作声了。

李杰接着说了几句便走下去了。出乎众人的意料，一个瘌痢头向台上走上来了，不禁使得满会场哄然大笑起来了。只听见有人说道：

"我的乖乖，瘌痢头今天也露起脸来了。"

"妈的，我倒要看他献什么丑！"

"不要太小觑人！瘌痢头就不会说出好话吗？"——有人为瘌痢头抱不平，这样说。只见瘌痢头走上台了之后，左手摸着自己的那个不好看的头部，红着脸，结结巴巴地说道：

"我们现在要干，妈的……我们要农农农会……有了李大少爷和我们在一道，我们还不干吗？我们要革命起来，妈的……"

大家也不听着他说些什么，望着那种摸头和口吃的神情，都禁不住发笑。"瘌痢头发了痒了呵！"台下忽然有人叫了这么一句，瘌痢头听着有点不好意思起来，说了一声"妈的"，便愤然地走下台去了。接着他上来说话的有王贵才，刘二麻子，和几个说了几句话便走下台去的青年。他们都说要组织农会，但除开王贵才而外，没有谁个能说出一点道理来。后来王贵才上台宣布选举农会的职员，他提议选举张进德做会长，李杰做秘书兼账房，刘二麻子担任跑腿，一一地都通过了，没有人说出反对话来。离开众人而远远地立着的王荣发，吸着旱烟管，望着自己的儿子在台上指手画脚地说着话，心中起了欢欣和愁苦交混着的情绪：贵才矮虽矮，可是能在这些人们的面前露脸，但是这农会是不是办得成呢？将来是不是要生非惹祸呢？……老人家想到此地，无可奈何地叹了一口气，自对自地说道：

"让他去！"

最后张进德上台宣布散会。在宣布散会之后，人众很久很久地还没有离散开来。大家继续纷纷地谈论着，有的说，李大少爷真怪，叫人家去打倒他的老子；有的说，现在好了，有了农会便不用缴租了；有的说，张进德不认得字，怎么能做会长呢；有的说，痢痢头今天也露了脸……

天的东南角上起了很浓厚的云雾，渐渐地要布满到半个天空了。众人见着天要落雨，而又没有别的热闹再可看了，只得慢慢地散开，各回家去。

在途中，老年人沉默着不语；青年人高兴地谈着适才张进德和李杰所说的一切，有的高着嗓子唱着山歌，如同自战场上得胜了归来；妇女们很失望地拉着自己的小孩子，口中咕噜着道：

"我道有什么热闹好看呢，原来是平常两个大字……"

二十五

人众散去了之后，张进德吩咐昨日在吴长兴稻场上聚集的人物，仍旧留在庙内，为的是讨论以后的进行。在未继续开会以前，各人在关帝庙大殿上参观了一会，好像那在神龛上坐着的关羽读春秋的神像，和立在他两旁的黑脸髭须的周仓，白脸微笑着的关平，能够认真地引起参观者的兴趣。张进德背着两手，脸上虽没有特殊的表情，然而在内心里他却有了特殊的庆幸，那就是在不久以前，他，张进德，还是一个无知的乡下人，深深地迷信着菩萨，而且对于这关帝，尤其具着敬仰的心情，因此，仅仅为着烧香叩拜的缘故，也就来过关帝庙里很多次。但是现在来到这关帝庙里的张进德，却和从前不同了。他抛弃了一切的迷信，不但见着了这尊庄严的神像不会产生往日那般的心情，而且想起来往日的自己那般愚蠢，反来觉得好笑。撇开烧香叩拜的行为，他现在是来到这里办理农会了。而这农会并不是什么平常的机关，却是就使关帝爷听见了也会震惊的组织。关帝爷所知道的不过是什么兴汉灭曹，不过是什么空洞的忠义，而现在他，张进德，却做着为关帝爷所没梦想得到的事业：这农会是要推翻地主的统治，这是被压迫阶级的反抗运动呵！……

张进德正在幻想着的当儿，忽听见他左边刘二麻子说话的声音，不禁侧过脸来一看，只见刘二麻子面向着神像跪在地下，两手合着，口中祷告着道：

"威震八方的关老爷！兴汉灭曹的关老爷！你是古今忠义之人，请你暗地显灵帮助我们办这农会，好教我们穷人不再受有钱的欺负才好。我刘二麻子活了三十几岁，从来没有走过好运，现在是革命的时候了，我可要请求你忠心耿耿的关老爷可怜我，保佑我，我一定多多地买香烧给你老人家……"

刘二麻子祷告至此，便恭恭敬敬地伏下叩了一个头，这使得立在他旁边的张进德禁不住发起笑来了。

"你在干什么，老二？"

刘二麻子听见张进德问他，便抬起头来向着张进德惊怔地望了一会，睁着两只大眼；如什么也不明白也似的，半晌方才开口问道：

"什么干什么？我在给关老爷磕头……"

"求关老爷保佑你吗？"张进德笑着这样说，并没带着轻蔑的神情。"我不知道你还这样迷信呢！我对你说，我们的事情只有我们自己来做，什么关老爷，张三爷，都是管不了的。如果关老爷有灵，那像你这样忠厚诚实的人，成年到头地苦把苦累，也不至于像现在这样地倒霉了。即使菩萨是有的，那他们也只保佑有钱的人，绝对不会保佑你我这样的穷光蛋。"

"起来，"张进德走上前来，伸手将刘二麻子拉起来说道，"老跪在地下干什么呢？也亏得你有这般诚心啊。"

刘二麻子只惊怔地望着张进德，如木偶一般，任着张进德将他拉到厢房里去了。这时李杰正在和王贵才商量着此后如何进行……

"办农会也要有点经费，但是我们现在'一个大'也没有，怎么好呢？"李杰说。见着张进德和刘二麻子进来了，李杰便指定座位叫他俩坐下，一面仍继续向王贵才说道：

"我看这庙既然是迷信的地方，不如把庙产充为农会所有，把和尚赶掉。"李杰说至此处，向张进德问道："张大哥，你以为这可使得吗？"

王贵才强着说道：

"使得，为什么使不得？妈的，这庙里的和尚比老太爷还要快活，现在我们还能留着他吗？"

"可以是可以的；"张进德很镇静地说道，"不过现在我们还不能这样做。乡下人非常迷信，如果我们开头就把老和尚赶掉，这一定要惹着他们的反对，我们的农会也就很难进行了。我们先要想法子使他们信任我们，然后慢慢地打破他们的迷信……"

"我们没有钱怎么办呢？"王贵才很不以张进德的话为然，这样有点不高兴地说。张进德一时回答不出，一面望着不高兴的王贵才的面孔，一面用手指头点着桌子，寻思着别的出路。

"有了！"忽然沉默着不语的李木匠将桌子一拍，立起身来，如发现了什么宝物也似的，很欢欣地说道，"妈的，我想出一个办法了。"

"什么办法呢？"大家齐声地问。

"这庙里不是有很多的人来烧香吗？我们现在可以定下一个章程，就是来烧香的，每一个人都要拿出五十钱或是一百钱来作为香钱，这香钱就归农会里用。"

李杰听了点点头，表示同意。王贵才拍手连声说道：

"这个办法好极了！还是木匠叔想得好！"

张进德见着大家同意李木匠所提出来的办法，虽然不以之为十分妥当，然因为自己想不出别的办法，便也就没有话说。接着李杰便提出来农会所应做的事业来。李杰在理论上提出来原则，而张进德给以事实上的补充……

大家继续地讨论着，唯有瘌痢头和他的不可分离的朋友，绰号叫作小抖乱的，心中老是记惦着老和尚，不能放下，无心参加众人的讨论，他们二人静悄悄地走出房来，到庙门外的空场上，开始商量着。

"我不赞成张进德的话。"瘌痢头说道，"妈的，要这秃驴在这儿有什么用！依我的意思，不如把他赶掉，滚他娘的蛋！"

"我也是这样想。"小抖乱点头和着他的朋友说道，"我看，顶好我们两个人想一个法子对付他一下。我们怎么对付他才好呢？"

"把他赶走罢了。"瘌痢头很坚决地说道，"我们两个人哪怕赶不走一个秃驴吗？"

小抖乱忽然将瘌痢头的衣服一扯，指着那坐在树根上的一个十五六岁模样的小和尚，说道：

"你看，那不是小秃驴坐在那里吗？老秃驴也不知到什么地方了，影子都见不到，不如我们先把小秃驴审问一下。"

小和尚独自一人冷清地坐着，用手扶着头，在思想着什么；见他们二人走到他的跟前，并不表示什么恐慌。小抖乱不问情由地一把抓住小和尚的衫领，威吓地说道：

"你的师傅在什么地方呀？"

小和尚这时见着两人这般情形，不禁有点害怕起来，连忙口吃地说道：

"他……他不在庙里……走了……"

"他干什么去了？"

小和尚见着非说实话不行，便一五一十将实话告诉了他们。他说，师傅见着众人在庙前开会很生气。听见李大少爷叫人去打他自己的老子，老和尚不禁害怕起来，想道，这事还了得，如不早行报告李大老爷知道，说不定李大老爷要说他通情呢。他现在是到李家老楼去了……

癞痢头见着小和尚说出实话来，便叫小抖乱放了小和尚，一面问道：

"怎么办呢？"

"今天大约不成功了，明天我们再来。妈的，这秃驴不赶走还能行吗？……"

两个朋友相互扶着肩背，又重新走入庙内了。

二十六

"我和张进德二人搬到庙里来住，已经是第三天了。在我的生活史中，这几天对于我来说算是顶紧张的时候了。每天忙个不歇，又要计划着工作的进行，又要不断地和来看访的乡下人谈话，又要这，又要那……如果没有张进德这么样一个有力的人，那我真不知道我如何能够对付我当前的任务呢。青年们都很信仰他，他无异于是他们的总司令。他们敬畏他，亲近他，没有什么隔膜，而对于我，我总觉得他们的态度有点生疏，好像视我不是自己的人一样，在这种关系上，我倒有点嫉妒张进德了。

我叫他们称呼我为李同志，他们也就勉强这样称呼着，但是在无形中，他们总对我有一种特殊的感觉，总视我是有点和他们不同样的李大少爷……这真天晓得是因为什么！然而，我总觉得他们都是很可爱的，都是有希望的分子。例如木匠叔叔始终有点不满意我，但是我觉得他却是一个好人，一个忠实的分子。糟糕的是瘌痢头和小抖乱这两位大哥，每天总要弄出一点花头来，不是把小和尚打哭了，就是和别人吵架。然而他俩却很热心，也很有用……

想起来我自己，也觉得好笑。本来是李大少爷，现在却是这些被称为低贱的粗人们的同志了。本来回来有美丽的高楼大厦可以住，现在却住在这个凄凉的庙里，如当了和尚一般。在这僻静的，闭塞的乡间，有谁个能明了我的这种行动呢？张进德或许有点明白我，因为他曾遇着过像我这样的人，但是像我这么的知识分子究竟怎么样会跑到他们的队伍里来，恐怕他还是不明白罢。然而这又有什么要紧呢？要紧的是我能和张进德一块干这种为他所必要做的，而为我所决定做的事业。

* * *

今天我的父亲派人送了一封信给我，送信的人还是一年前我在家时候的伙计。他已是四十多岁的人了，脸上布满了如细黑沟一般的皱纹。这是劳苦的生活所留给他的痕迹。他很局促地望着我，似乎有话要向我说，然而不知为什么，终于把信交给我了之后，他叫了一声大少爷，便低着头走出庙门去了。

我将信接到手里的当儿，我感觉到木匠叔叔和刘二麻子向我的身上所射着的尖锐的眼光了。我的态度很漠然，没有即刻将信拆开，欲借此显示给他们知道，就是我不把我父亲送信给我当作什么重要的事。但是我的一颗心却在内里有点跳动起来，我其实是急于要知道这封信里说了些什么呵！……

在信上，父亲先责备我，为什么我回乡了而不归家，次说及农会是办不得的，以我的这种身份，不应和一般无知的痞子在一块儿瞎闹。后来他说，母亲病了，急于盼望我能回家去安慰她，否则我便是没有良心的，不孝的逆子。但是他相信我读了许多年书，又很聪明，决不会做出这种被人耻笑的事来。

读到信的最后，我不免有点踌躇不安了。父亲是浑蛋，我可以不理他，但是病在床上急于盼儿归来的母亲呢？我能硬着心肠，置之不理吗？……

'你的父亲说些什么呀？'木匠叔叔忽然两眼笔直地逼视着我，向我这样很猜疑地发问。他大约已经觉察出我的不安的心情了。我不由得将脸一红，故作镇定的模样，笑着回答他道：

'那还有好的话吗？他要我回家去，这不是笑话吗？他骗我，说我的母亲病了，以为可以把我骗回家去，殊不知我是不容易骗的呵。'

'回家去看一看也好。'刘二麻子说。

'我无论如何是不回家去的！'

听了我的这个回答，木匠叔叔才露出一点满意的微笑来。后来张进德叫他们有事，他们才离开了我。在他们两人走了之后，我不禁又将信重读了一遍。'我真能硬着心肠不回去看望一下病在床上的母亲吗？……'我想。但是当我一想到母亲也不是一个慈善的妇人，当年我同兰姑的爱情之所以不能圆成，以及兰姑的惨死，她实在也要负一半的责任……我不禁将信向怀里一揣，决定不做回家的打算了。

* * *

张进德极力主张即速办一个学校。他说，乡下的青年们虽然都很热心，虽然都很纯洁，但是都没有知识，能够教他们做什么事呢？他，张进德，自己就恨不大认得字，连一封信都看不懂，现在想趁这个机会读一点书，要我做先生……这当然是很好的提议，但是我一个人又忙着这，又忙着那，现在又要我当先生，这对于我来说岂不是太艰苦了么？然而事情是要做的，现在是我真正做事的时候，如何能因为太艰苦了便不干呢？唉，如果我现在有一个知识阶级的帮手！……

日里太累了，晚上我应当休息才是。老和尚不知跑到什么地方去了，我只得将他的卧房占有了！床呀，桌子呀，一切用具都很清洁，这真要令我向老和尚表示感谢了。

夜深了，张进德还没回到庙来。和我做伴的小和尚，也呼呼地睡着了。小和尚很聪明，经我这两天和他说东说西之后，他也有点明白了，愿意在农会里做事情。原来他很恨他的师傅，因为老和尚很虐待他……

日里因为工作的缘故，没有工夫好幻想。在这寂静的夜晚间就不同了。月光一丝一丝地从窗孔中射将进来。院中的梧桐树被风吹得瑟瑟作响。从大殿传来一种吱吱的很奇怪的声音，难道是鬼不成吗？然而我是什么都不怕的呵！……我想起来了我的过去，唉，这讨厌的过去啊！它是怎样地纠缠着人！我本来没有家庭了，而我的父亲却送信来要我回去；我本来不要父母了，而我却还有点惦念着我那病在床上的母亲……张进德真是幸福极了！他每晚一躺在床上便睡着了，这是因为没有可诅咒的过来来纠缠他。他现在干净得如一根光竹竿一样，直挺挺地，毫不回顾地走向前去……"

二十七

农会的势力渐渐地扩张起来了。地方上面的事情向来是归绅士地保们管理的，现在这种权限却无形中移到农会的手里了。农人们有什么争论，甚至于关系很小的事件，如偷鸡打狗之类，都不再寻及绅士地保，而却要求农会替他们公断了。这么一来，农会在初期并没有宣布废止绅士地保的制度，而这制度却自然而然地被农会废除了。绅士地保们便因此慌张了起来，企图着有以自卫。如果在初期他们对于农会的成立，都守着缄默不理的态度，那么他们现在再也不能漠视农会的力量了。在他们根深蒂固地统治着的乡间生活里，忽然突出来了一个怪物，叫作什么农会！这是一种什么反常的现象啊！……

最慌张而又最气愤的，那要算是李敬斋了。组织农会的不是别人，而是他的儿子；号召农民反对他的不是别人，而是他的亲生骨肉。李敬斋在自己的鸦片烟床上，就是做梦也没梦到会发生这么一种怪事！他派人送了一封信给李杰，劝谕他回转家来，而李杰不但没有照他的愿望去做，而且连理也不理一下。他想道，他生来没曾受过人家的磨难，现在大约是要在自己儿子的手里栽一栽筋斗了。如果是在从前，在他妈的这什么革命军未到县城以前，那他李敬斋是有能力将自己的儿子和这一班痞子，送到县牢里去吃苦头的。但是现在……现在县里有什么革命军，政治部，那些人是和他的儿子同一鼻孔出气的……

李敬斋近来气愤得生病了。在有一天的下午，地方上面的绅士们，以张举人领头，齐到他的家里来看他。正在躺着吞云吐雾，一面也在寻思着如何对付自己的儿子的他，忽然听见仆人报告，有些贵客临门了……他不禁一骨碌儿爬起身来，很慌张地问道：

"他们说出来意了吗？"

恭顺的仆人笔直地立着，听见他主人的问话，将头缓缓地摇了一摇，答道：

"他们说是来拜望你老人家的，老爷。"

李敬斋屁股又向床上坐下了，叹了一口长气，自对自地说道：

"他们哪里是来拜望我的啊，他们是来兴师问罪的。他们一定要说道，李老先生，你的少爷做的好事呀！恭喜恭喜！这，你看，我怎么样回答他们呢？唉，我生了这么一个现世的儿子，有什么颜面和乡党亲戚相见呢？"

在平素充满着傲岸的神情的他的面孔上，现在被羞愤的网所笼罩着了。由于过于兴奋的缘故，他的惨黄而又带着苍白的一种烟鬼的面容，现在又添上一种如吃酒后的红色。在得意的时候，他不断地掠着自己的浓黑的胡须，现在他要见客的当儿，却很畏怯地，直顺地放下两手，脚步不稳定地走出客厅来。这时他感觉如犯了罪的囚人一般，一步一步地走上可怕的法庭去……

在寒暄了几句之后，头发已经白了的，吸着两三尺长的旱烟袋的张举人首先带着笑，很客气地说道：

"我们今天来非为别事，一来是拜望李敬翁，二来是请教关系地方上面的公事。令郎这番从外边回来，本来是衣锦还乡，令人可佩。不过他……关于这农会的事情，扰乱了地方上的治安，似乎不妥，不知李敬翁有何高见。"

李敬斋听着张举人说话，自己如坐在针毡上面一般，脸上只一回红一回白地表现着。他又不得不回答张举人，但是说什么话是好呢？他不但觉得无以自容，而且连向众人道歉的话也想不出来如何说法是好。众人的眼光齐向他射着，期待着他的回答，正在为难的当儿，他忽然不能自主地由口中溜出话来：

"诸位明见，这叫我李某也没有办法。现在是革命的时候了，老子管不了儿子。小儿这次回来的非礼行为，既然是关系地方公事，尚望诸位筹议对付之策，千万勿把此当为我李敬斋个人之事。乱臣贼子，人人得而诛之。如果诸位有何善策，李某无不从命。"

李敬斋说了这一段话之后，很欣幸自己说话的得体，不禁用手掠一掠浓黑的胡须，向众人用眼巡视了一下。他的态度比先前从容得多了。众人见李敬斋说了这一番不负责任的，然而又是很堂皇的话语，一时你望望我，我望望你，不知如何是好。

"话虽如此，"坐在张举人下首的一位四十多岁的绅士，将头一摆，忽然打破了沉默的空气，"然而令郎与李敬翁究属父子，李敬翁不得不多负一点责任。难道令郎就这样地无法无天，连你的一句话都不听吗？尚望李敬翁施以教训……"

李敬斋听了这话，陡然生起气来，发出不平静的话音，说道：

"依何松翁你的高见，我应当如何做法呢？如果何松翁不幸也有了这么一个儿子，谅也同我李某一样地想不出办法。现在不像从前了。从前我可以拿一张名片到县里去，办他一个忤逆之罪，可是现在县里的情形，难道何松翁一点也不知道吗？诸位有何善法，就是将小儿治了死罪，我李某也无一句话说，可是诸位决不可以父子的关系责备在下。"

李敬斋一改先前的局促的态度，现在越说越觉得自己理直气壮。张举人见他发起火来，生怕弄出岔子，便和蔼地向李敬斋微笑道：

"请李敬翁切勿见怪，我们此来，绝不是与李敬翁有意为难，乃是因为事关地方治安，特来和李敬翁商量一个办法。如果长此让农会横行下去，将来你我皆无立足之地，谅敬翁高见，亦必虑及此也。"

何松斋自知自己的话说得太莽撞了，便也就改了笑颜，接着张举人说道：

"张老先生说得正是。我们特为求教而来，非有别意，望敬翁万勿误会。近来张进德一干人们越闹越凶，似此下去……"

"哪一个张进德？"李敬斋问。

"张进德本是一个矿工，"何松斋说道，"是一个光棍，是贵庄人吴长兴的亲戚。他于最近才回乡，可是自从他回来之后，那我们乡里的青年人就开始坏起来了，此人不除，恐怕吾乡永无安息之日矣！"

何松斋待要继续说将下去，坐在他的下首的一个戴着老花眼镜，蓄着八字胡须的绅士插着说道：

"敬翁知道关帝庙老和尚被赶的事吗？"

李敬斋惊异得立起身来，急促地问道：

"有这等事！被何人所赶呀？"

"那还有别人吗？"蓄着八字胡须的绅士很平静地冷笑了一声，说道，"他们占据了关帝庙，把老和尚赶走了，老和尚不知去向。昨天有人在东山脚下发现了老和尚，这才知道老和尚已被张进德一干人所赶了。敬翁想想，若如此让他们横行下去，那吾等将无葬身之地矣！"他将手掠一掠八字胡须，摆一摆头，特别将这最后一句哼出一个调子来，如读古文一般。李敬斋听至此处，不禁大怒起来，拍着桌子说道：

"松翁说得甚是！似此无法无天，天理难容，吾等岂可坐视不问？！我李某不幸生了这么一个逆子，尚望诸位不要存歧视之心，努力助我除此贼子才好！"

"敬翁既然有此决心，那我们今天便应想出一个办法……"

"松翁有何办法吗？"李敬斋不等何松斋将话说完，便急于问道，"请快说出来给大家听听，我李某无不从命。"

何松斋撇着胡子，没有即刻回答李敬斋的话，而是扭头将客厅巡视了一下，看见没有别的外人，然后慢吞吞地说道：

"自古道，'蛇无头不行'，'擒贼先擒王'，只要把张进德和敬斋令郎他们两人对付住，这农会自然就会解体的。他们那一班党羽，如果没有他们二人，则自然就作鸟兽散了。"

"但是怎么才能对付住他们两人呢？"张举人有点不耐烦地问。

"这也容易。"说至此地，何松斋复将大厅内巡视了一下。"只要雇几个有力气的人，于夜晚间偷偷地到关帝庙里将他们二人捉住……"

"这恐怕有点不妥当罢？"张举人说着，将他那发白得如雪也似的头摇了一摇。

"请松翁说下去"李敬斋说。

"将他们二人捉住了之后，可以将张进德打死，打死一个痞子，为地方除害，谅也没有什么要紧。至于令郎，那是敬翁的事情，如何处置，只得任凭敬翁自己了。"

众人沉默了一会儿，没人表示反对和赞成的意见。最后还是李敬斋开始说道：

"事到如今，别的也没有什么好的办法。何松翁老成干练，足智多谋，我看这事就请托何松翁办理，不知诸位意下如何？"

"至于费用一层，"李敬斋稍停了一会儿又说道，"我理当多负一点责任。至于如何行动，则只有烦劳何松翁了。不过事情做得要秘密，不可泄露风声。如果事不成功，风声传将出去，则更要难办了。"

"敬翁虑得极是！"张举人向何松斋说道，"我看这事就请你办一下罢。"

"事关地方公益，"何松斋依旧如先前的冷静，用手撇着胡子说道，"诸位既然相推，我当然义不容辞。不过苟有事故发生，尚望大家共同负责。"

"这个自然！"大家齐声说了这么一句。何松斋见着大家这种负责的态度，又想及李敬斋对于他夸赞的话语，不禁在冷酷的面孔上，呈露出一点微笑的波纹来。

大家还继续谈论起关于地方和时局的情事。有的抱怨民国政体的不良，反不如前清的时代。有的说，革命军的气焰嚣张，实非人民之福。有的说，近来有什么土地革命，打倒土豪劣绅等等的口号，这简直是反常的现象……

"唉，世道日非，人心不古了啊！"最后张举人很悲哀而绝望地叹了这么两句。

天色已经是迟暮了。屋顶的上面还留着一点无力的夕阳的辉光。黑暗的阴影渐将客厅内的拐角侵袭了。李敬斋发出老爷做派的声音，将仆人喊到面前吩咐道：

"今天众位老爷在此吃饭，去叫后边好好地预备菜！听见了吗？"

"是，老爷！"

二十八

当张进德将瘌痢头和小抖乱二人喊到面前，用着锐剑也似的眼光将他们俩审视了很久一会儿，如同这眼光已经穿透了他们俩的心灵，他们俩不由自主地有点战栗起来，而觉得自己是犯罪的人了。平素顽皮得无以复加，任谁个也不惧怕的他们俩，现在却被张进德的眼光所威逼住了。小抖乱很恭顺地站立着，完全改变了平素顽皮的神气，而瘌痢头低着头，用手摸着颈项的后部，一动也不动。

"请你这两个家伙说给我听听！你俩为什么弄出这个乱子来？"张进德这样说着，并未说明他们俩所弄出的是什么乱子，可是他们俩已经知道这话是指的他们俩前天晚上所干的那件事了。他们俩在张进德炯炯的眼光之下，觉得那眼光已经照透了他们，也就并不企图抵赖。

"我们并不想将他赶走啊。"瘌痢头仍旧是原来的姿势，轻轻地吐出很畏怯的声音。

"可是他究竟被你们俩赶走了。"张进德点一点头，这样很冷静地说。

"是的，"瘌痢头依旧低着头不动，声音略较先前平静一点。"老和尚是我们两个赶走的。我们两个因为想到，老和尚在庙里住着很讨嫌，说不定要在我们这里当奸细。那天开大会，他不是跑到老楼去报告了吗？并且，他妈的，他安安稳稳地过着日子，好像老太爷一样，实在有点令人生气。我同小抖乱久想警告他一下，可是总没有遇到机会。这次我们两个商量了一下：妈的，关帝庙现在归我们农会了，还要老和尚住在里头干吗？不如将老秃驴赶出去，免得讨人嫌。……前天晚上，我同小抖乱从这里回去，走到东山脚下，不料恰好遇着老和尚了。我们两个见着这是一个好机会，便走上前去将他拦住，强着他不要再到庙里来了……"

"骂了他一顿也就算了，"张进德问，"为什么要将他赶走了呢？"

"我们本不想将他赶走的，可是老和尚不经说，"瘌痢头开始活跃起来了，做出当时骂老和尚的架势来，"他妈的，谁知道就把他骂生了气。"

这时坐在旁边的李杰，听见了瘌痢头这样的说法，不禁笑起来了。

"这也不知道是因为老和尚不经骂，"李杰笑着说道，"还是因为你的话太有力量了。也罢，"他转向张进德说道，"老和尚既然走了，也不必把他当成了不得的事……"

"不，"张进德不待李杰说将下去，便打断他的话头，很严肃地说道，"你不知道乡下的事情很难办。我们霸占住了关帝庙，已经使乡下人不高兴了。现在又赶走了老和尚，说不定土豪劣绅要借着这个机会来造谣言，说什么我们农会不讲理，赶走人……"

"但是老和尚已经被这两位先生赶走了啊，又怎么办呢？事情已经做出来了，也只得让他去。"李杰很平静地说。在他的心里，他实在以为张进德太把此事夸大了。瘌痢头和他的朋友小抖乱听见了李杰这么说，如得了救星一般，不禁陡然胆大起来了。他们俩齐向李杰望着，表示一种感激的神情。李杰觉察到这个，向他们俩微笑了一下。

"这当然，"张进德说道，"木已成舟了，还有什么办法呢？不过，"他转向瘌痢头和小抖乱显着教训的态度，说道："请你们两个再不要弄出别的岔子了。做什么事，一定先要报告我们知道……"

张进德刚将话说至此地，忽听院中传来刘二麻子的一种傲慢的声音：

"你来找谁呀？"

"我来找张进德。"只听见那第二个声音也是很傲慢的。这时房内的众人都静默着不语，很注意地听着院内的谈话。

"什么张进德？！你应当说找农会会长！张进德是农会的会长！"

"好，就如你所说，我来找会长老爷。"

这一种讥刺的语气，使得张进德和李杰等不得不走出厢房，看看是谁来了。只见刘二麻子的对面立着一个四十几岁的戴着瓜皮布帽的汉子，他穿的虽然是乡下的布衣，然而那布衣是很齐整的，令人一看见便知道他是乡下的有钱的户头。在他的那副丰腴的，微微生着黑斑点的面孔上，露现着一种生活安定的，自满的表情。张进德认得他，这是胡根富，被人称为胡扒皮的一位狠先生。他见着张进德走出来了，便撇开刘二麻子，神态自若地走向前来，现着讥刺的神气，微笑着说道：

"好，会长老爷来了。我特来求见会长老爷。"

见着他的这种神情，张进德几乎失了心气的平衡，要给他一个有力的耳光，但是张进德终于把持住了自己，没有发出火来。

"你有什么贵干？"张进德很不客气地这样问胡根富。

"请问贵农会可是定下了一个'借钱不还'的章程吗？"

"也许定了这么样一个章程。"张进德说了这么一句，将两眼逼视着胡根富，静待着他的下文。

"啊哈！怪不得现在借了债的人都不想偿还了。他们说，这是农会的章程……这真是自从盘古开天辟地以来，闻所未闻的奇闻！哼，借人家的钱不还！好交易！请问会长老爷，这'借钱不还'的章程，是谁个请你们定的？"

胡根富的态度不若先前的平静了，逐渐表现出气愤的神情来。他的白眼珠的红丝这时更加发红了。张进德微笑了一笑，说道：

"这是我们自己定的，你胡根富当然不会请我们定下这个章程来。你预备怎样呢？"

"我预备怎样？反了吗？"

胡根富愤不可遏地这样说着，照他的神情，一下将张进德吞下肚去才能如意。张进德依旧很平静地微笑着，低低地说道：

"对不起，现在真是反了。你胡根富放了那么许多厚利的债，穷人们的血也被你吸得够了……现在他们不愿意让你白白地压死，造起反来了，你怎么办呢？"

胡根富只翻着布满了红丝的白眼，气愤得说不出话来。张进德忽然改了威严的态度，厉声说道：

"胡根富！你今天来得正好，我正要找你呢。我们的农会正苦得没有经费，要向你借一点钱使使。我知道你很有钱，如果不拿出两百块钱来，你不要想走出这庙门！"

张进德说至此地，侧过脸向着立在他左边的癞痢头和小抖乱说道：

"将他看守起来！"

两人一听此言，如奉了圣旨一般，即刻走向前去，将胡根富的两手反背着用腰带捆住了。等到气愤到发痴的胡根富意识到这是怎么一回事的时候，他已经挣扎不开了。见着这种严重的形势，胡根富知道自己是走到虎穴里了，不禁害怕起来。气愤和傲慢的神情从他的脸上消逝了。他开始哀求地说道：

"我，我没有钱，我哪里有这么许多钱借呢……"

"妈的，你家里的银子几乎都要胀破箱子了，还说没有钱！两百块！少半个都不行！"

李杰见着小抖乱说话的神情，不禁好笑起来。胡根富一听见李杰的笑声，不问三七二十一，转身向他跪下，哀求着说道：

"请大少爷救一救我罢！我实在没有钱……"

"妈的，"癞痢头踢了他一脚，说道，"你不要装孬种了！如果不拿出两百块钱来，妈的，揍死你这个舅子！"

"癞痢头！"张进德如司令官一样，向癞痢头吩咐道，"你和小抖乱两个将他拉到大殿里绑起来，看守好，不要让他跑了。老二！"他转向刘二麻子说道："你先去多叫几个人来，然后到胡家给他的儿子报信，就说他们的父亲现在在庙里，叫他们送两百块钱来，不然的话，胡根富的命便保不牢，听清楚了吗？"

"听清楚了。我就去。"

刘二麻子说着便现着得意的神情，慌张地走出去了。癞痢头和小抖乱得了这么样的一个美差，自然很高兴地去收拾他们的对象。胡根富被他们俩用绳子狠狠地捆在大殿的柱子上，一动也不能动。他面向着关帝的神像，很伤心地哭起来了。小抖乱立在他的面前，打趣着他说道：

"哭罢，哭罢，我的乖乖！关帝爷会下来救你呢，哈哈……"

二十九

自然，在我们的生活里，有的人会将银钱看得比性命都还重要，宁愿牺牲了性命以图保得财产的安全。但这是很少见的事。大多数的人们虽然也爱银钱如爱性命一样，但是当他们要保全自己性命的时候，便不得不忍着心痛，把性命以外的东西作为牺牲了。胡根富便是这样的一个。他被捆在关帝庙大殿的柱子上，起初还想以欺骗和哀求的方法来解脱自己，可是后来见着大家真要将他打死的模样，便只得答应了拿出两百块钱来。他的两个儿子，一个名字叫胡有礼，一个名字叫胡有义，虽然也受了他父亲的遗传性，但是解救父亲的性命要紧，他俩也只得含着两眼眶的热泪，将这两百块白花花的大洋送给农会了。如果在往时，那他们两个还可以求助于地方上的绅士，可以到县里去控告；但是现在当李大老爷和张举人等自身都保不住，而县里被什么革命军占领的时候，还有谁个可以来制止张进德这一帮人的行为呢？胡有礼和胡有义两个是聪明人，当晚便用两百块钱将胡根富赎回了。

"妈的，便宜了他！"痢痢头后来可惜地说道，"他家里该多么有钱啊！听说白花花的银子埋在地窖里也不知有多少！……"

最高兴的要算刘二麻子和李木匠了。他们两人虽然是不睦，逢事就抬杠，可是要报复胡根富的心意却是一致的。依着李木匠的主张，一定要将胡根富痛打一顿之后才行放去，可是张进德止住了他，他只能仅仅背着张进德的面，狠狠地踢了胡根富一脚。

"喂！老李！"小抖乱笑着向李木匠说道，"不要踢他啊！你应当托他带一个信给他的二媳妇，就说你现在害了相思病，很想再和她这么那么一下，并问她近来可好，是不是忘了旧日的交情……"

李木匠一听见这话，不禁又是羞又是气，啪的一声给了小抖乱一个耳光，骂道：

"放你娘的屁！嚼你娘的烂舌根！"

小抖乱用手摸着被打了的面部，哇的一声哭起来了，口中开始不住地骂道：

"我造你的祖宗，你打我，你这专门偷人家女人的坏种……"

"我偷了你的亲姑娘吗？"李木匠说着又想伸拳来打小抖乱，可是这时刘二麻子却忍不住火了。不问三七二十一，走上前来就给李木匠胸口上一拳，李木匠不自主地倒退了两三尺远。他用手理一理头上的黑发，瞪着两只秀长的，这时气红了的眼睛，半晌说不出话来。捆在柱子上的胡根富见着这种全武行的一幕，不禁忘记了自己的痛苦，在旁边看得出神。未等到李木匠来得及向刘二麻子还手的时候，张进德从厢房里走上大殿来了。

"你们在干什么？"张进德带着一点儿气愤的声调说道，"真也不害羞？在你们敌人的面前，自己就先献起丑来。"他侧脸向胡根富瞟了一眼。"这岂不要叫旁人笑掉牙齿吗？你们要知道，我们在农会里办事情，处处都要留心，事事都要做模范，乡下人才会信任我们。像你们这样如小孩子一般，动不动就自相打骂起来，叫鬼也不能相信我们！小抖乱的一张嘴胡说八道，实在要不得。老二，你同木匠就有点什么嫌隙，现在也应该忘记了。我们同心合力做事，都还怕不能成功呢。如果这样自家人都弄不好……"

张进德说至此地，向三人巡视了一下，微微地将头感叹地摇了一摇。三人如犯罪了一般，低下头来，静静地立着不动。这时被捆在柱子上的胡根富见着这种情景，心中暗暗地明白了：就是这个张进德，被他平素所称为光棍的，具着一种伟大的力量。他觉得他在这人的面前是一个微小的弱者了。

后来将胡根富放走之后，张进德带着笑地向刘二麻子们埋怨道：

"你们是怎么一回事呀？就是打架也要等到胡根富走了之后再打啊！"

李木匠红着脸不好意思地说道：

"谁要和他们打架？只因小抖乱这小子当着胡扒皮的面霉我……"

"好，算了，从今往后再也不许有这么一回事！我们的两百元也到手了，现在我们到李先生的房里去商量商量，看看我们怎么来用这一笔款子。哈哈！万想不到这小子今天送上门来。真是好运气！我们的农会该要发达了。"

张进德走进李杰房门的时候，一种得意的，和蔼的，为从来所未有过的愉快的神情，简直使李杰惊讶住了。这时李杰正伏在桌子上，手中拿着铅笔，在纸上计算着两百元的用途。见着张进德进来了，也不立起身来，微微地笑道：

"把贵客已经送走了吗？哈哈！大概关帝爷见着我们农会没钱，特将这小子差上门来。现在我们好了，明天就可以派人到城里去买东西……"

"妈的，太便宜了他！"瘌痢头又可惜地说了这么一句。"依我的主张，罚他妈的一千块！反正他家里有的是银子。我们代他可惜吗？"

李杰忍不住笑道：

"暂且有两百元用用也就罢了啊！"

夜幕已经伸开了。小和尚走进房来，将一盏不大明亮的洋油灯点着了。他不知为什么，今天也特别笑眯眯地高兴着。李杰将小和尚的光圆圆的头摸了一摸，向着大家笑道：

"今天大概是因为小和尚多念了几声'阿弥陀佛'罢？"

小和尚摇了一摇头笑道：

"李先生！我老早就不念什么鬼'阿弥陀佛'了。"

这时满室中充满了欢笑的声浪……

三十

"今天下午叔父和张举人在书房所商议的一切，我都详详细细地偷听着了。我的天哪！他们竟要做出这种狠毒的事！他们定于明天夜里差一些人到关帝庙里，活活地将那些办农会的人们打死……

这一切我都偷听着了。如果不想方法搭救，那眼看着李杰和他的同志们都要被我的叔父和张举人杀害了。张举人不主张将李杰杀害，他说，李杰究竟是李敬斋的儿子，不如任凭着李敬斋自己去处分。但是我的松斋叔父却说，农会完全是李杰一个人干起来的，我乡的不靖，完全是由于他一个人在作祟，如果不将他这个祸根除掉，那是永远不得安枕的。何况李敬斋自己也恨着生了这样一个不孝的逆子……就使他看见儿子被打死了，心中有点难过，可是也不能说出什么话来。试问他又有什么办法呢？事到如今，实在顾不了这么许多……

这样，眼看李杰和他的同志们都免不了性命的危险。这该如何是好呢？我既然听见了他们的阴谋，难道能够坐视不救吗？但是我又怎么样救法呢？

讲到这李杰，我倒很想看一看他是如何模样呢。听说他跑到外面流浪了一年多，和家庭不通一点儿消息。现在他从革命军里回到故乡来，迄至今日未曾踏过自己的家门一步。他号召农民反对地主，尤其要反对他的父亲李敬斋……哈哈，这孩子倒很有趣！唉，如果我也是一个男子，那我不也像他李杰一样吗？我也将脱离了这万恶的家庭，过着那流浪的，然而在精神上是自由的生活。我也许会从革命军里回来，连我的家门看也不看，而号召农民来反对我的叔父……啊，我的叔父若与李杰的父亲比较起来，那恐怕我的叔父的坏的程度要高出万倍！在这种家庭生活着，我简直是在受苦刑啊！

叔父将我从学校里骗回家来了。他打电报给我，说他病已危笃，急于望我归来……我信以为真，便星夜离开长沙的学校，慌忙地奔回来了。可是回到家里一看，叔父比牛还要健康些，哪里有什么鬼病！我知道受骗了。我问他为什么要骗我？他说，现在外面不靖，不如暂行家居为好，而且你的书已念得够了，女孩儿家长此念将下去，也并没有什么用处……我真要把肚子都气破了！但是我有什么办法呢？银钱放在他的手里，我手中空空，当然不能跑出门去。到现在，我困居在家里，如同坐牢一般，已有三个多月了。如果不想方法脱离这恶劣的环境，我难道就此如猪一般地生活下去吗？不，什么都可以，冒险也可以，受苦也可以，只要不是这个！……

现在省城里的生活大概是沸腾起来了。不久接到女师校同学的来信，她说，活泼的，新鲜的革命的空气将青年们都陶醉着了，她说，妇女协会的工作对于妇女的解放是异常要紧……你看，她们现在该多么幸福！该多么有趣！而我却在家里坐这无形的牢狱！如果我也像李杰一样，生为一个男子！在此社会里，女子毕竟有许多地方做不出男子所能做的事啊！

曾记得在学校里的时候，我读了许多女革命党人的传记，见着她们的英勇，热烈，敏慧，种种的行为与思想，我的一颗心不禁异常地向往。当时也曾勉励着自己，幻想着光荣的将来。难道说伟大的事业都完全是属于男子的吗？不，不啊，这是不应当的！……我曾这样坚决地思想着。

但是现在我的光荣的，伟大的事业呢？我不过是一个普通坐食坐喝的，等待着嫁丈夫的女子而已。我什么也不能够做！李杰能够在外流浪，能够投入革命军，能够回来组织农会，能够号召农民反对地主，做着这种非常的反抗的行为……而我能够做着什么呢？昔日在学校里为一般同学所敬仰的何月素，抱着伟大的雄心的何月素，立志要做一个革命党人的何月素，现在不过是一个只会叹气的可怜虫而已。

为着机械的家庭的生活所折磨，我的锐气也就自然而然地消沉了。可是，今天下午听见叔父等的阴谋，听见从叔父口中所说出的关于李杰的行动，我的一颗几乎绝望了而要死去的心，忽然又跃动起来了。我不禁自对自说道：'月素！曾想做一个有能为的女子的月素！现在你应当出动了。李杰能够回乡干这英勇的行为，你何月素难道能坐视他们之死而不救吗？只要你移动一下脚步，冒一点儿小小的危险，你便可以将李杰和他的同志们的性命救下了。月素！这对于你要显示你自己究竟是何如人，正是千载一时的机会……'好！现在我已决定我应当怎样做了。也许因此我会脱离这家庭的生活……然而这不是为我所想望的吗？怕艰难和危险的人，绝不是能够做出事业的人！

我要和李杰会一会面。他还记得前年我叔父向他的父亲提婚，他的父母答应了，而他表示拒绝的那一回事情吗？哈哈，他倒不愿意我和他结婚呢！听说那是因为他爱上了哪一个农民的女子，一心一意地要娶这女子为妻，表示除开这女子而外，任是天仙他也不要。因此便把我拒绝了。我当时在学校里，不知道我叔父有过这么样的一个提议。如果我知道这事，那我也是极端要反对的。我自己的婚事自有我自己的主张，要我的叔父代庖干什么呢？可是话虽然如此说，等到后来知道了李杰因为一个什么无知识的女子而拒绝了我，心中不免有点气愤。我曾想道，你李杰是什么东西，我真稀罕你吗？……

　　这事我久已忘怀了。不知他现在还记得吗？他绝料不到现在冒险救他性命的女子，就是他当年所拒绝过的何松斋的侄女儿。啊，你这勇敢的孩子啊！你从今当不会再小觑我了。努力罢，我的孩子！努力罢，我的孩子！

　　夜已经深了。我还不想就寝。开窗向院中一望，一株大石榴树静寂地立着，从它的枝叶的隙缝里，筛出点点的碎白的月光。家人们都睡熟了，偶尔听见几声吱吱的虫鸣。在月夜的怀抱里，也不知还有其他如我现在所跳动着的心灵否？然而我现在应当睡了，应当做一个和这寂静的生活辞别的梦。我的生活也许要从明天起就改变了。

　　一种不可知的，然而为我所愿望着的命运在等待着我，我要勇敢地走去……"

三十一

　　李杰决定今天向城里的同志们写一个书面的报告。他一方面想使那里的同志们知道他回乡来了以后做了些什么事，他是在很紧张地工作着，而不是回家里来图快活啊！一方面又想从他们那里得到一些书报，打探关于全国运动发展的形势的消息。他知道，如果他在这乡间蒙着头干去，而不顾及这乡间以外的事件，那他将会干出错误来也未可知呢。这小小的乡间的运动，是与全县，全省，全国，甚至于与全世界都有着关联的啊！

　　"我的亲爱的同志们！我离开你们已很有些时日了。在这些时日之中，我在这微小的僻静的乡村中，开始了很有效验的工作。你们可以相信我，我从来没有觉着像我现在这样地幸福过！因为在军队里，我所执行的不过是一般的工作，而我在这里却执行着……啊，我应当怎么说呢？这是根本的工作……"

　　写到这里，李杰一时想不出如何表示自己的意思才好。他微笑着将秀长的两眉蹙了一下，漫无目的地望一望他对面的墙壁。出乎他的意料，他现在才觉察出来那上面挂着一个小小的横批，而在这横批上画着一株花叶很散淡的春兰。他不禁将笔放下，向着这一幅画感着兴趣了。为什么在此以前，他没觉察到它呢？不，也许觉察到了，可是没曾感觉到兴趣……李杰离开书桌，走至这幅画前，开始端详那潇洒的笔调。忽然间，"兰姑"这两个字涌现到他的脑际了。不自主地，他渐渐地透过那一幅画，想到他那过去的情史……

　　这样，他幻想了一会。院中有谁个说话，发出一种高亢的声音，这使得李杰如梦初醒也似的，微微地惊颤了一下，即时想到他所应做的事了。"我今天应将报告书写成啊，呆立着在这儿干什么呢？"他不禁起了一种向自己埋怨的心情。他又回到自己的书桌，很坚决地坐下了。但是说也奇怪，他对面的一幅画总是在引诱着他，使他不由自主地向那上面注视着，而"兰姑"这两个字也就因此不能离开他的脑际。虽然重新拿起笔来了，可是他无论如何不能往下写出一个字来。过去的情事如无形的绳索一般，紧紧地在缠绕着他，使得他此时不能继续他的工作。在几次企图着将笔移动下去，而终于没写出一个字来之后，他不禁对自己发怒起来了，狠狠地将自己的后脑壳击了一掌。

房门一开，忽然小抖乱笑嘻嘻地，同时具着如小孩子发现了什么奇事而惊异着的神情，慌忙地说道：

"李先生！快出去！有一个洋女学生来找你，哪个舅子扯谎。请你快出去！"

李杰完全不解是怎么一回事，惊怔得呆住了。半晌他方才问道：

"什么？女学生？你说她来找我？"

小抖乱的神情变得庄重起来了。不知为什么笑痕在他的脸上消逝了。听着李杰的疑问，他点头说道：

"是的，她来找你。现在在院中站着，等你出去呢。我叫她进来好吗？"

"不，不要，我出去！"李杰摇一摇头说。这时猜疑，不解，惊奇，将他的一颗心占领住了，使它不禁如小鹿一般怦怦地跳动起来了。他一面立起身来，一面口中不住地说道：

"怪事！怪事！……"

如走上火线即刻要与敌人厮杀的光景，李杰虽然在外表上保持着镇静的态度，然内心无论如何不能处之泰然。他终于走出厢房的门限了。他不大勇敢地举起两眼向院中一望，只见在那大殿的阶下背立着一个剪发的，身穿着淡青色的旗袍的姑娘。她这时眼睛是在瞻览着关帝的神像。在院中立着的几个乡下青年，尤其是李木匠和瘌痢头两人，向这姑娘的背影射着惊奇的眼光。他们全都哑然无声，好像受了这姑娘的催眠一般。李杰轻轻地走近她的背后，她觉察出来了，回过脸来，很自然地带着微笑，向走近她的面前的李杰说道：

"你是密斯特李吗？我有要紧的话要向你说，不知你可否腾出一点时间来。事情是很危急的……"

李杰没有过细听真她的话，只先注意到她的一张翕张着的小嘴，高高的鼻梁，圆圆的眼睛，清秀的面庞……他并不是故意要审视她的姿容，可是一种惊异的，不解的心情，使得他在初时不自觉地有了这种行动。

"是的，"李杰半晌才说出话来，"事情是很危急的……（李杰自己不知道他所说的意思是什么）密斯，请到里面去坐……"

李杰这时忽然觉察到这位姑娘是诚实的，然而表现着恐怖的，焦虑的眼光了。他感觉到这位姑娘即刻要向他说出什么可怕的事来。姑娘并不客气地随着李杰，走进李杰的房里来了。多少道惊奇的眼光追射着他们两人的背影，悄悄地期待着什么奇迹的出现。小抖乱首先轻轻地惊叹着说道：

"你看，这位小姐真体面！洋学生的样子到底和我们乡下的婆娘不同！"

癞痢头用手将小抖乱的肩膀推了一下，很正经地说道：

"不要瞎说！你知道她是李先生的什么人？听见了可不是玩的。"

"这也许就是李先生的那话儿。"有一个青年向小抖乱挤了一眼，这样说。癞痢头回过脸来骂了他一句。这时李木匠静静地坐在石阶上，一句话也不说，低着头在想着什么心事。有两个小伙子悄悄地走了几步，企图着到李杰的窗外去偷听房内的动静，可是被癞痢头看见了，即刻将他们俩拉回转来。

李杰将这位奇异的姑娘引进了自己的房中以后，即指着床请她坐了下来。她很好奇地将房中巡视了一下，不知为什么，一瞬间她的脸上呈出惊叹的，满意的微笑。李杰不知如何开口为是，只局促地收拾桌上的笔墨，欲借此以遮掩自己的不安。但是他又觉得他不得不开口说话，似此沉默下去，实属不便。后来他终于为难地从口中冒出半句话来：

"敢问密斯……"

姑娘拍一拍衣服，好像镇定了一下，开始发出很温和的，平坦的音调，向着李杰说道：

"密斯特李当然不认识我，不过说出来，也许密斯特李你会知道的。我是何松斋的侄女儿……"

李杰听见这一句话，陡然想起前年他拒婚的事来了。他的一颗心不禁因之增加了跳动的速度，而脸上也泛起红潮来。这位姑娘本来是他曾经拒绝过的啊！那时他为着爱恋着兰姑，不愿听到其他任何女子的名字，所以才拒绝了她……这事他本来久已忘记了。现在这位姑娘忽然来找他，这是因为什么呢？她所要求于他的是什么？奇怪啊！……但是何松斋的侄女儿似乎丝毫没有觉察到李杰的心情，继续往下说道：

"我的名字叫作何月素，你或者听见过也未可知。我知道你一定很奇怪，为什么今天我跑来找你，我们从来没见过面……在这乡间是很闭塞的，我居然冒着不韪来找你，这不是使你很奇怪的事情吗？但是，密斯特李！"何月素的态度严肃起来，声音也比先前沉重了。"你可知道你和你的同志们今天夜里都要有性命的危险吗？"

李杰几乎跳将起来，连忙惊慌地问道：

"你，你说什么？我们今天夜里有性命的危险吗？你怎么知道，密斯……何？"

何月素用手将披散到眉毛的头发往上理了一理，没有注意到李杰的惊慌的神情，依旧平静地说将下去。

"你蓦然听见我这话，一定很难相信，不过，密斯特李，如果你细细地想一下，便会觉得这事来得并不突兀。你想想你们现在干的是什么事呢？你们组织了农会，你们号召农民打倒土豪劣绅……你们也曾想过这是什么事情吗？这土豪劣绅们，连你的父亲也在内，在他们的眼中看起来，这无疑是罪大恶极的行动。他们能毫不作声地任着你们这样干下

105

去吗？他们能不筹谋对付你们的方法吗？你们要打倒他们，那他们也便要来打倒你们……因为这个缘故，所以今天夜里的事情，本是可以意料到的。"

"但是今天夜里到底有什么事情呢？"李杰迫不及待地问。

"我们乡里的绅士们在你的家里开了一个会议，"何月素继续说道，"他们决定乘着你们不备，在夜里来将你们打死，而我的叔父何松斋便被推为执行这件事情的人。他们的计划，我从我的叔父口中都偷听着了，就是今天夜里差许多人来，乘着你们冷不防……"

李杰忽然跳起来说道：

"真的吗？"

"不是真的还能是假的不成！"何月素睁着两只圆圆的眼睛，厉声地说道，"我怕你们要遭他们的毒手，特地在我叔父面前扯了一个谎，说是要到亲眷家里望望，这才绕道跑到你们这儿来。我劝你们今天夜里防备一下，不要小视此事才对呢！"

"是，是！"李杰这时镇定起来了。听了何月素最后的劝告，连忙感激着说道："蒙密斯何冒着危险来报告我们这种消息，我们真要向密斯何表示无限的感激。密斯何这样地热心，真是女界中所少有的。"

何月素听见李杰恭维她的话，不禁脸上红潮一泛，很妩媚地向李杰看了一眼，笑起来了。

"密斯特李！现在不是说恭维话的时候，还是预备今晚的事情要紧呢。"

李杰被何月素这几句话说得难为情起来，不禁暗暗想道："这个女孩子，看不出，倒很厉害呢！她还记得我拒绝她的婚事那一回事吗？不料何松斋会有这样的一个侄女儿……"李杰想到这里，正待要开口回答何月素的当儿，不料在他们两人的惊异的眼光中，王贵才引着一个乡下的姑娘走进来了。

三十二

无论何月素怎样地有着自信，无论她对于李杰的关系（在男女的情爱方面说）是怎样地淡薄，她和李杰本是第一次见面啊！但是当她见着一个乡下的姑娘，然而是一个朴素中带着秀丽的姑娘，走进来了的时候，她的一颗心却无缘由地被妒火所烧动了。她几乎带着恶意地将进来的毛姑上下打量了一番，见着她虽然具着乡下的朴素的姿态，但是那姿态在许多的地方令人感到一种为城市女子所没有的美丽来。毛姑脑后拖着一条粗黑的辫子，身上穿着一件青紫色的短袄，没有穿着遮掩下身的裙子。这装束的确是很粗俗，然而何月素很能觉察到，这是一个可爱的姑娘啊！……

"这就是李杰所留恋着的那个女子吗？李杰为着她而拒绝了我？"何月素想到这里，不禁即刻很愤然地看了李杰一眼，但即刻又转而想道："但是，不是听说那个女子已经死了吗？……"何月素因为被思想所引诱住了，坐着不动，连向进来的人打招呼的礼节都忘记了。李杰在初时也同发了呆一般，惊怔地看着走进来的两兄妹，宛然忘记了说话。后来他颤动了一下，好像从梦中醒来也似的，连忙笑着招呼客人："请坐！"

贵才依旧立在李杰书桌子的前面，他的妹妹向着靠门的一张木椅子坐下了。她红着脸，默然地不发一语。她偶尔向坐在床上的何月素瞟一瞟，就在这时候她脸上的红潮更泛得厉害，也不知是由于害羞，也不知是由于妒意。她的哥哥不住地将眼光射向何月素，可是何月素的神情并没注意到他的存在。房中的空气如受了重压一般，一时寂默到不可寂默的程度。李杰表面上虽无什么动作，可是满脑海里起了波浪。

"这是怎么一回事啊？"他想，"平素一个女子也不上门，今天忽然莫名其妙地跑来两个女子……"

后来还是王贵才冲破了这种不能忍耐的寂默。病了几日，没有到农会来，听见他说话的声音，李杰这才觉察到他有点清瘦了。他手中持着两朵鲜红的野花，一上一下地颤动着。

"李大哥！两天不来这里，我还真有点着急呢。"他说着这话时，将两朵野花向桌上的笔筒插下。"毛姑老早就想来看看这里像什么样。"毛姑此时向着李杰含羞地笑了一笑，这一笑可是把李杰的心旌弄得摇荡了。他觉得那是异样的妩媚，异样的可爱……但是他即刻把持住了自己，继续听着贵才的述说。

"但是两位老人家不准她来。"贵才继续说道，"今天她硬要求我，偷偷地跑了来。她说，一天到晚在家里过着讨厌的日子，实在太够了。她想看一看，到底男子们在外面做一些什么事情。……"

毛姑见着她的哥哥说到此地，不禁又含羞地向李杰笑了一笑。李杰向坐在床上的，默然的，仿佛也在静听着贵才述说的何月素，瞟了一眼，笑着说道：

"事情并不是只有男子们可以做的。男子们所能做的事，女子也可以做。现在的世界有点不同了。有的女子比男子还厉害些，还要勇敢些。你们看，这位何小姐就是这样的一个女子。何小姐冒着险来向我们报告消息，如果不是何小姐……"

这时两兄妹齐向何月素惊讶地望着，何月素感受到他们的眼光，不自主地起了一点轻微的傲意，脸上荡漾着一层薄薄的微笑的波纹。

"那我和张进德两人，说不定明天就不能与你们相见了。"

"是怎么一回事呀？这位何小姐从什么地方来？是不是……"

李杰好像没听到贵才的话也似的，仍旧射着感激的眼光，面向着何月素说道：

"何小姐是何松斋的侄女儿，她今天特地背着叔父跑到这里来报告我们：我的父亲李敬斋，她的叔父何松斋，还有张举人，他们决定将我们办农会的人打死，今天夜里他们就要下手……"

毛姑泛着红的面孔忽然苍白起来了。恐怖充满了她的眼睛，瞪瞪地向李杰望着。她的哥哥却为怒火所燃烧着了，两眼一翻，狠狠地向桌面击了一拳，叫道：

"真的吗？"

"这当然是真的，何小姐当然是不会骗我们的。你来得正好，请你即刻到吴长兴的家里去，张进德在他那里，叫他赶快回到会里来，好商量商量今天夜里的事情。"

贵才一闻此言，便离开房中的人们，头也不转地跑出去了。他宛然如同忘记了他所带来的年轻的妹妹。李杰红一红脸，有点难为情的样子，向着毛姑说道：

"毛姑娘！你今天来得正好！这位何小姐是很有学问的，她一定可以告诉你很多的事情。"

毛姑欲言而又怕张口的样子，半晌才羞怯地说道：

"何小姐也在农会里办事吗？"

何月素听着此言，不知为什么，将脸红了一下。她装着没听见他们两人谈话的神情，只张望着房中的布置，李杰向她瞟了一眼，略一摇头，笑着向毛姑说道：

"何小姐现在还没有在农会里办事，不过我想，她也许愿意到我们这里来办事呢。"李杰转过脸来向何月素笑着说道："密斯何！是不是？你愿意来帮我们的忙吗？"

"我是一个女子，你们要我来帮什么忙呢？"何月素很腼腆地笑着说。

"革命的事情并不一定都是男子们干的啊！……"

何月素即刻取消了腼腆的态度，转换着一种不屈的，有自信力的声调说道：

"我并不是说革命一定都是男子们干的，而我们就不能干。不瞒密斯特李你说，我老早就想跑到外边去了，无奈我的环境太坏，我没有这般做的力量。现在你们如果有什么需要我的地方，我是一定要做的，决不退避。不过我能做什么事情呢？"

"事情是多得很呢，"李杰说，"不过这么一来，你的家庭问题倒怎么办呢？你的叔父……"

何月素不待李杰说完，便带点愤意地冷笑道：

"密斯特李！只有你才能脱离家庭吗？你能够离开你的父亲，我就不能离开我的叔父吗？如果你们愿意，我从今天起就不回家了。但是，不过……"何月素的声音有点降低了，脸上复露出为难的神情。李杰接着向她问道：

"密斯何既然有此决心，难道还有什么为难的地方吗？"

"不过我究竟是一个女子，女子究有许多不方便的地方，而且乡下的人封建极了……我一个女子是不能住在你们这庙里的。请密斯特李明白这一层。"

何月素沉默下来了。李杰沉吟了一会，后来说道：

"这倒是一个问题，不过我想，这事也容易解决。"李杰说至此地，向坐着不语的毛姑瞟了一眼。毛姑好像被这一眼所鼓动了也似的，开始羞怯地说道：

"我听不大懂你们的话，可是我觉得我也马马虎虎地懂得一点。何小姐不是说住在庙里不大方便吗？我想这事情倒好办……如果可以的话……"

毛姑害羞，忽然停住不说下去了。李杰急忙问道：

"毛姑娘有什么法子好想呢？请快些说出来给我和何小姐听听。"

"如果可以的话……"毛姑现着十分害羞的神情，又开口低低地说道，"我愿意来陪何小姐，不知何小姐可愿意吗？"

李杰如解了什么难谜也似的，听见毛姑这话，不禁连声说道：

"好极了！好极了！难得毛姑娘愿意这样。我想，密斯何，你也不会反对这种办法罢？我将我的这间房子腾给你们两个人住，而我搬到对过去。"

"但是我究竟能做些什么事情呢？"何月素问。

"事情多着呢！我们本来打算设一妇女部，可是因为没有人担任，终于没有设。现在你来了，这妇女部的职位就请你担任。"李杰回过脸来向毛姑娘瞟了一眼，笑道："毛姑娘很能干，可以做你的一个帮手。"

毛姑羞急得涨红了脸，抿着嘴，射着埋怨也似的眼睛，十分不安地说道：

"李先生也真是……我能帮何小姐做什么呢？何小姐有学问，还要我来帮她？我是一个乡下人……"

"我难道是一个城里人吗？我们这里谁也不是城里人。"

何月素说了这话，和着李杰同声笑起来了。三人接着谈论些别的话……期待着王贵才和张进德的转来。

三十三

阴沉的黑夜。偶尔飞落一丝两丝的微雨。在微微的春夜的薄寒里，一切的村庄，树林，田野，凄然地静寂着，宛然沉入了艰苦的，难以催醒的梦乡。关帝庙呈现为一个巨大的黑堆，悄悄地躺着不动。两扇庙门虚掩着，仿佛在这阴沉的黑夜里，里面居住的人并不忧虑到会有"不速之客"的到来。庙门前空场上的树根下，偶然蠕动着黑影，有的黑影忽而伏着，忽而站着，表现着一种不耐烦的期待的情状。

"妈的，还不来，真等急死人！"只听见有一个黑影发出低低的这样埋怨的声音。

"不要说话，你这浑蛋！"别的一个黑影更低微着这样说。

"你听，大概是来了……"

空气陡然紧张地寂静起来，没有一个黑影再蠕动了。远远地传来正向这儿走着的低低的谈话声，脚步声……越来越近……最后有十几个黑影在庙门前的空场上出现了。他们的手中都持着什么长短的器具，但是因为在黑夜里的缘故，虽然在很短的距离以内，也看不清楚所持的是什么。只见有两个先走进庙门看一看，即刻回转来向大家轻轻地说道：

"庙门开着呢。"

"大概是忘记关了。"

"妈的，该他们要死！"

"快进去！……"

黑影们究有点胆怯的形状向着庙门移动了。两个首先推开庙门走将进去，不料就在他们俩刚跨进门限的时候，庙门背后两边有两条粗大的木棍打将下来：一个哎哟一声便扑通倒在地下，一个扶着负痛的肩臂，拼命地跑回转来。

"不好了！他们有防备了！"

这话刚歇，只听哇啦一声如山崩了也似的喊叫，从各树根下跑出许多黑影，他们手中各持着家伙，齐齐地打来。来偷攻关帝庙的黑影们在巨大的意外的惊骇之中，都不顾性命地四散奔逃了。有的，大概是无经验的年轻的缘故，竟骇得哭出声来。有的受了重伤，便倒在地下呻吟着。有的被打倒之后，又挣扎着爬起来跑了。结果被活捉了三个。

"妈的，没有把他们一个一个都活捉到！"

“你们来的时候没有算一算命，我造你们的亲祖宗八代！”

“起来！妈的，你还装佯吗？”

“拖到庙里去！”

“……”

一种欢笑的，咒骂的，混合的声音，打破了黑夜的静寂。微雨停止了。天上的阴云淡薄了些，隐隐地露出昏黄不明的月光来。这时庙内的灯火已燃着了，众黑影涌进了庙内之后，在光亮之下才现出各人所特具的面目。一种胜利的情绪包围住了众人，众人乱哄哄地一时找不出怎样才能表示出欢欣的谈话来。瘌痢头口中不断地骂着“妈的，妈的……”，大概这就是他表现欢欣的方法了。素来沉默着的，不知欢欣为何物的吴长兴，现在也禁不住在自己平素是苦丧着的面孔上，流动着得意的微笑。张进德开始和李杰商量如何审判俘虏的事情……

被俘的三个人被捆绑在大殿的柱子上。其中两个不断地呻吟着，哀求着，一个低着头儿毫不声响。小抖乱走上前去，用手将这人的头往上一搬，仔细审视了几眼，不禁又是欢欣又是惊异地叫了出来：

“这是胡根富的二儿子啊！”

李木匠一听见小抖乱的叫声，便连忙大踏步地走将过来，定着眼睛看了一下：果然，不错，这是胡根富的二儿子！他不禁将脑中的念头转动了一下，“妈的，你今天也落在老子的手里了……”啪的一声，就给了一个很响亮的耳光。众人为这一巴掌的响声所惊怔住了，都开始向着发愤的李木匠望着。

“打罢，打罢，使劲地打罢，木匠！现在是你报仇的时候了！”

“木匠！你问一问他的老婆在家里好吗？”

李木匠不顾及众人的同情与讥笑，仍继续将巨大的巴掌向着胡根富的二儿子的脸上拍去。这小扒皮倒有点能耐，任着李木匠痛打，一声儿也不响。眼见得他的脸孔逐渐红肿起来了。因为自己手痛了的缘故，李木匠才停住不打了，愤愤地吐了他脸上一口唾沫，默默地退到一边，喘着气。

"我的乖乖！今天李木匠可出了气了！"瘌痢头笑着这样说。在灯光之下麻子都发了亮的刘二麻子，正欲依照着李木匠的榜样，刚一举起拳头来的当儿，张进德和李杰走上前来了。王贵才立在李杰的后边，好像为他保镖也似的。

"老二！不要打他！"张进德将刘二麻子拉过一边说道，"打死了，我们反而没有戏唱了。我已有了主意……"张进德说着，便转向被捆绑在右边柱子上面的，这时还在呻吟着的两个俘虏面前走来。他先向那一个约莫四十岁的汉子望了一望，觉得好像有点认识他，但一时不能记忆起来。只听得那汉子口中喊道。

"冤枉呀，冤枉！早知如此，我任着不种田了也不来这里……"

"这可就奇怪了！"张进德向着立在他旁边的众人巡视了一眼，微微地笑道："半夜三更你们想要来把我们打死，又没谁个请你来，你怎么说叫着冤枉呢？如果我们被你们捉住了，那可真是冤枉呢。"

"你不知道，会长老爷呀！"

"我是会长，可不是老爷。"张进德打断他的话头说。

"我在田里做活做得好好的，东家打发人将我喊去，硬逼我今天夜里来到这里……我什么也不知道……可怜……"这汉子眼见得觉得自己太冤枉了，忽然放声哭了起来。张进德依旧如先前一般的平静的话音，向他问道：

"你的东家是谁呢？"

"就是张举人……"他很用力地，哽咽地吐了这么一句。大家不作声，群立着不动，期待着他往下的诉说。半晌他又哭着说道：

"张举人逼我今天夜里来……他说，如果我不愿意，那他就不给我田种了。诸位想想，我一家五口，老的小的，不种田不是要讨饭吗？他又

114

说，成了事之后，每人还有重赏……我没有法子，只得……只是怕没有了田种，并不想要什么赏钱……请诸位开一点恩罢！我任着讨饭，下次再也不敢了。"

张进德沉吟了一会，后来吩咐立在他的右首的瘌痢头说道：

"将他放了罢。"

"不揍他一顿，给他一个乖。就这样把他放掉吗？"瘌痢头有点怀疑不解的样子反问张进德，仍旧立着不动。

"他比不得胡小扒皮。"张进德解释着道，"他是被逼迫来的，情有可原。快把他放了罢！"

瘌痢头露出不高兴的神情，但张进德的命令又不得不听，只得走向前去，将被捆绑着的人的身上的绳索解了。这汉子被放了以后，向着众人磕了一个头，预备即刻就走出庙门去。但是张进德将他喊转来，向他问道：

"你知道农会是干什么的吗？"

这汉子惊怔住了，似乎不了解这句问话的意思。张进德接着又重问了一句。他半晌才口吃地说道：

"我……我不知道……农会是……"

"农会是保护穷人的利益的，"张进德为他解释着道，"是要种田的人不受田东家的欺，你明白了吗？你的田东家为什么要杀害我们办农会的人呢？就是因为我们要打倒田东家，对他们不利，你明白了吗？……像你这样的穷人应当加入我们的农会才是道理，如何能帮助田东家来打我们呢？往后万不可再这样了！……"

"是！是！不敢了！"他一边说，一边往后退去。他终于如畏缩的老鼠一般，走出庙门了。唯有瘌痢头有点埋怨似的，自对自地说道：

"妈的，便宜了他！这小子是猪猡！帮助田东家。妈的……穷人应当帮助穷人才是，妈的……"

"请你们也把我放了罢！我是更冤枉了！哎哟，好痛呀！"

众人回过身来，又将第三个被绑着的俘虏围绕着了。这是一个二十五六岁模样的强壮的汉子，他的叫喊声音很响亮。他的耳根下有点血痕，大概是被打伤了。众人听见他这样地喊叫着，都禁不住好笑起来了。好事的小抖乱首先笑嘻嘻地开口问道：

"我的乖乖！你怎么更冤枉呢？快说，你这小小的活宝贝！"

李木匠忽然跑上前来，将小抖乱推开一边，很急迫地，惊慌地说道：

"你，你不是何三宝吗？你，你怎么发了昏……干出这件事情来？我不是早告诉过你……"

众人见着李木匠的这种行动，不禁都目瞪着他，表现出异常的惊愕。何三宝见着李木匠这样问他，即时低下头去，一声儿也不响。如期待着什么也似的，众人都寂然立着不动。鼓噪着的大殿，现在忽然被沉默的空气所压住了。张进德用眼睛向李杰望了一下，张一张嘴，但终于没说出话来。

"木匠哥！"何三宝低着头不动，半晌方才低低地懊悔着说道，"是的，不错，我发了昏。只因为赌博输得太厉害了！无处弄钱，因此才答应了何二老爷，贪图他的一点赏钱。他答应我，在事情办妥了之后赏我十块钱。我一时发了昏，便做出这种事来。唉！……"

何三宝将披散着发的头摇了一摇，接着叹了一口冤枉的长气。从来硬心肠的李木匠，至此时也不免现出怜悯的神情。他低下头来沉吟了一会，后来说道：

"本来你这种行为是不能原谅的，不过我既然是你的朋友，便应当搭救你才是。不然的话，人家要骂我为无情无义之人了。你我虽比不得桃园结义的弟兄，"说至此，李木匠向着坐在上面的关帝神像望了一眼，"但是我李木匠是不会辜负朋友的。不过你要答应我……"

"只要你救了我，我便什么都答应你。现在我懊悔也来不及了！往后

116

我一切都听你的话。"何三宝这样很坚决地说。

"你要答应我，往后再不要受他们有钱的人指使来反对我们的农会！你要知道我们穷光蛋应当卫护穷光蛋……"

"木匠哥！我可以向天发誓！如果我何三宝往后不改邪归正，一心一意卫护农会，就要雷打火烧，死无葬身之地！"

李木匠听见何三宝这样坚决地发了誓，不禁喜得两只秀眼密拢住了。但他不敢即行将何三宝身上的绳索解开，转过脸向立着不作声的张进德问道：

"进德哥！你看这怎么办呢？"

"将他放了罢。"张进德将手一举，很不经意地说。李木匠如同得了皇恩大赦一般，即刻将被捆着的朋友解了开来。何三宝的两只手腕已捆得紫红了。

"我不回去了。"何三宝一面将腕上的伤处抚摸着，一面很不客气地向大家说道，"反正我也没有什么家，独自一个人过日子。我就在这里住下好吗？我可以在这里打打杂，跑跑腿。你们要我不要我？……"

没有等到大家的回答，何三宝忽然指着捆绑在他对面的胡小扒皮说道：

"妈的，这东西最可恶！我们不主张将你们打死，可是他偏偏要将你们打死……我要扯谎就不是人娘养的！"

众人都愤然地将眼光射到胡小扒皮的身上。癞痢头不问三七二十一，就向胡小扒皮的大腿上狠狠地踢了一脚。胡小扒皮低着头不作声的态度，更将癞痢头激起火来。他接连又踢了两脚。

"我造你的妈妈！"癞痢头骂道，"你要将我们打死吗？老子打给你看看！"

胡根富的二儿子依旧如死人一般，毫不声响。癞痢头向众人骨碌了一眼，不知如何继续行动才好。刘二麻子卷一卷袖口，正要预备上前发

117

泄愤火的当儿，张进德打断了他的兴头，止住他说：

"不要打他了！打死了也没用。天已不早了，大家暂且休息一下，等到明天我们再来处治他。庙门关好，怕他跑了不成？派两个人轮流看守着他⋯⋯"

听了这话，各人的脸上忽然现出睡容来，齐感觉到欲睡的疲倦了。唯有瘌痢头和小抖乱两人精神如常，不愿意离开被捆绑着的胡小扒皮的身旁⋯⋯

三十四

朝阳穿过窗孔，侵袭到张进德的枕头了，张进德这才从睡梦中醒来。他睁一睁惺忪的睡眼，见着时候已经不早了，一骨碌爬起身来。出乎他的意料，他没听出一点儿人们的动静。全庙中哑然无声，仿佛只有他一个人在这里住着，此外再无其他的声息。"难道他们都还在睡着，没有一个人醒来吗？⋯⋯"他想。在静寂的早晨的空气中，好像昨晚的经过：捕捉敌人，欢欣的轰动⋯⋯一切都消逝了影子。好像从这一切之中，留下来的只是张进德，只是这空空的庙宇，只是从这窗孔中所射进来的阳光，这是怎么一回事呢？

张进德急忙将衣服穿好，走出自己小小的房门，来到院中一看，只见大殿中的柱子上绑着的胡小扒皮低低地偏着头不动，而在他旁边坐着的两个人正在那儿打盹。除此而外，连别的一个人影子都没有，所有人都不知跑到什么地方去了。张进德不禁更加疑惑起来了："这是怎么一回事呢？活见鬼！⋯⋯"当他走近两个看守的人的面前，他们俩还是在打着盹，口沫流得老长，一点儿也没有觉察到。"如果有人将你们俩偷去了，你们俩还不知道呢。"他不禁这样想了一想。举目一看，倒是胡小扒皮觉察着他的到来了。只见脸孔上有着伤痕和灰垢的胡小扒皮，不恭顺地瞅了他一眼，又将头转过去了。他见着胡小扒皮的这种倔强的态度，不禁暗暗有点纳罕起来：这小子真是一个硬汉呢！……不知为什么，一瞬间，张进德为一种怜悯的心情所激动着了，陡然地怜悯起他面前的牺牲物来。"我与他既无仇恨，何苦这样对待他呢？一夜的苦头谅他也受够了，不如把他放了罢……"想到这里，不知从什么地方刮来一阵微寒的晨风，使得思想着的张进德惊颤了一下，即刻将他的思想改转过来了。"张进德，你发了疯吗？何三宝不是说他要来杀死你和你的同志吗？也许他不是你个人的仇人，但是他是农会的仇人啊！……"

"妈的，打死你这个舅子！"

打着盹的一个看守人忽然说了这一句梦话，张进德觉得有点好笑。他走近他的跟前，轻轻地向他的腿上踢了一下，他这才从梦中惊醒了。用手揉一揉惺忪的眼睛，惊怔而不解地向着立在他的面前的张进德呆望。张进德笑着说道：

"你要打死谁呀？谁个把你偷去了，你还不知道呢！"

听了这话，他即刻惊慌地寻视捆绑着的胡小扒皮，看他还在不在。见着所看守的对象还安然无恙，这才露出一种轻松的，放了心的神气。这时他的另一个伙伴也醒转来了。张进德见着他们两个是平素不大来到农会的人，不知为什么，昨夜晚也被王贵才拉来了。

"他们都跑到什么地方去了呀？"张进德问。

一个年轻一点的开始说道：

"他们天刚一亮就跑出去了，教我们两个看守着这家伙。我问他们到什么地方去，他们糊里糊涂地说得不清不楚，我也没听明白。李木匠、刘二麻子领着头……"

"我听见他们商量，"另一个插着说道，"好像要去烧哪一家的房子。"

"呵，这才是怪事！"张进德很疑惑地想道，"烧房子……烧什么人家的房子呢？为什么？……不向我打一声招呼就这样胡干。这才是怪事呢！……"

张进德带着满肚子的疑惑，离开了大殿，向着李杰的房间走来。房门虚掩着，张进德轻轻地一推，便走将进去。他见着床上卧着两个人：靠着墙的床那头卧着的是李杰，而床这头卧着的是他的好友王贵才。李杰脸向着窗户很疲倦地卧着，未脱去衣服的右手臂向床沿下笔直地垂着。偶尔在疲倦的睡容上露现出来微笑的波纹，好像在做着什么甜蜜的梦也似的。脸孔也就因此更显得孩子气了。王贵才面向着床里睡着，看不出他的睡后的姿态来。张进德将李杰的脸孔审视了一下，忽然起了一种难以形容的感觉：他饱满着温情，好像现在是在凝望着他的睡后的弟弟，想要温存地抚摸抚摸。他感觉得他是这个可爱的孩子的老大哥了。

他想起来了李杰的身世……李杰对于工作的努力……虽然有时不免于孩子气，有点任性，但是他对于事业的热心，征服了乡下人对于他的怀疑……他，张进德，很知道自己为什么要革命，因为这个世界对于像他这样的人们是不利的，是不公道的。而他，李杰，本是一个养尊处优的公子哥儿，为什么要革命呢？……张进德从未曾好好地企图着寻出这个理由来。李木匠有时向他提出这个问题，他总是说道：

"世界上尽有许多不专门利己的人啊！我知道，李杰他是能和我们在一道的！"

对于他，张进德，这问题似乎很简单：李杰既然要革命，那我们就得信任他，没有再追寻"为什么"的必要。要做的事情多着呢，谁个有闲工夫来问别人为什么要革命呢？要革命就革命，不革命就拉倒，问题再简单不过了！……

张进德本来打算要向李杰报告意外的事变，但是当他见着李杰的这般睡容的时候，忽然觉得不忍心来打断他的好梦。"让他醒了之后再说，"

张进德这样想着，便不开口叫唤睡兴正浓的李杰了。王贵才很机械地醒转过来，见着张进德立在床前，开口问道：

"时候不早了罢，进德哥？"

张进德向他笑着说道：

"太阳已经晒得你的屁股痛了，你说早不早？"

"他们呢？"

"都跑掉了！"

王贵才一骨碌爬起来坐着，睁着小小的圆溜溜的眼睛，很惊异地问道：

"都跑到什么地方去了呀！"

就在这个当儿，李杰醒转来了。用手揉一揉还不欲睁开的眼睛，慢慢地，懒懒地说道：

"是怎么一回事呀？呵呀！"他接着打了一个呵欠。张进德带着半开玩笑的声调说道：

"怎么一回事？人都跑光了，你们还在撅着屁股睡呢。快起来！"

李杰刚欲问明情由的当儿，忽听见院内轰动起来了。只听见叫骂声，欢笑声，哭泣声，哀告声，混合了一团。张进德将眉头蹙了一下，向着李杰说道：

"你听！这才真是一回什么事呢！"

三十五

大殿中沸动着拥挤着的人们的头颅。一片鼓噪着的声音，几乎是同一神情的面孔，令人一时很难辨认得清楚。当张进德，李杰和王贵才三人向着人众里挤进去，打算看一看是一回什么事的时候，沸动着的人众好像没有觉察到他们的存在也似的。只见大殿中的几杆柱子上，除开原被捆绑着的胡小扒皮以外，又加上了两个新的。张进德一眼便认出那一个是胡根富，一个是发已雪白了的张举人。瘌痢头手持着竹条，正有一下无一下地鞭打着张举人逗着趣，而鞭打着胡根富的那个汉子，张进德却不认得。众人的视线都集中到这两个新囚的身上，有的拼命地骂着，有的相互地讨论着如何处置他们的对象。他们好像忘记了张进德等的存在，这使得张进德有点生气起来，他走至正在和何三宝商量着的李木匠的跟前，默不作声地站着。李木匠眼见得为目前的情事所兴奋着了，忘记了理那披散到额前的头发；他一手撑着腰，一手摆动个不息。何三宝笑嘻嘻地听着他的朋友，有时插进一两句话；他完全改变了昨晚被捆绑着时那种可怜的，不振作的情状了。张进德这时觉察到了何三宝的鼻梁特别地高，一张嘴特别地大，或许可以塞进去一个拳头。

"木匠！"

李木匠正在鼓着兴头的当儿，被张进德这一声喊得惊颤了一下。他回过脸来一看是张进德，即刻好像被捉住了的小偷儿也似的，现出一种惊慌的，求饶的，犯了罪也似的情状来。他张了一张嘴想说什么，但他终于没发出声音来。

"你们连向我和李同志一声招呼都不打，就干出这种事情来，这样实在是……"

"进德哥！"李木匠低低地说道，"这都是刘二麻子和小抖乱们商量出来的，不干我的事。不信你去问问别人！"略微沉吟了一会，他又继续比较气壮一点地说道："不过我想，张举人这老东西实在可恶极了！平素专门欺压平民，倚财仗势。至于胡根富这小子平素放印子钱，吃过他的苦头的也不知有多少！穷人们恨他算恨透了！这一次他又叫自己的儿子来杀害我们，这当然是死有余辜……"

"我并不怪你们把他两个捉来，不过你们连一声招呼都不打，这未免太不对了。有事大家商量一下才行。"

张进德说至此地，听见绑在他后面柱子上的张举人的哀告的声音。他离开了李木匠，转过身向张举人走来。只见李杰立在张举人的面前，现出一种淡漠的，然而又是一种轻蔑的神情。从他的一双俊秀的眼睛中，射出一种十分厌恶的光来。张举人张着干枯了的嘴唇，毫无气力地哀求着道：

"……救一救我罢，李世兄！我们都是世交，望李世兄看在尊大人的分上将我放了罢！我年已花甲，将我杀死了也没用处。此后地方公事，我决不过问就是。像我这风烛之年，还有什么能为呢？李世兄，救一救我罢！……"

李杰正要开口的当儿，忽然有一个年轻的农人跑过来，向着李杰急促地说道：

"李大少爷！千万不要放他！这老东西可恶极了，我的四叔帮他家做伙计，犯了一点小事，就被他打了一顿赶了出来，连工钱都不给。我的三舅种他三亩田，去年因为收成不好，要他把租稻减少一点，无奈这老东西执意不肯，硬逼我三舅将一个小女儿卖给他做丫头。还有他将刘大呆子送到县里押住了的事情……你看这老东西坏不坏呢？李大少爷！千万不要放他！"

这个年轻的农人说话时，两片厚厚的嘴唇颤动着，两眼射着又是愤恨又是哀告的光来。李杰明白了这眼光所表现的是些什么。

"你听见了他说些什么话吗？"李杰很冷静地向张举人说道，"我可以放你，可是他不能放你。你平素所做出的残酷的事情不能放你。如你所说，我们实在是世交，可是我抱歉得很，今天不能救你老人家，尚请你加以原谅才是。"

张举人睁着一双失望的老眼，看着李杰一点也不怜惜地离开他而走去了。他渐渐将眼睛睁大起来，他好像忽然已意识到自己陷入了绝境也似的，喷的一声痛哭起来了。他将两膀挣扎了一下，眼见得他是欲抱头痛哭的，可是他的手被捆绑着了，没有挣扎开来。癞痢头手持着竹条又走上前来了。他一面用竹条点着张举人的头，一面打趣着笑道：

"我的老乖乖！不要这样伤心罢！伤心干什么事呢？你不是很有钱吗，你的钱到哪里去了，你不是很有势吗，你的势到哪里去了？我的乖乖啊！"

众人都只注意到癞痢头打趣的神情，不料说到最后一句时，他将牙齿一咬，哗喳一声向张举人的肩背上打了一鞭，狠狠地骂道：

"我打死你这作恶的老东西！我造你的八代祖宗！"

很奇怪，张举人被这一竹条打得停住哭了，只睁着两只泪眼惊惶地瞪着他，好像不明白发生了什么也似的。众人见着这种情状，一齐都笑起来了。忽然王贵才走上前来，将癞痢头持着竹条正欲打下的一只手拉着了，说道：

"不要打他了。妈的，我想出来了一个好办法对付他……"

"你想出来了什么好办法呢？"

众人齐声地问王贵才，王贵才又忽然如动了什么重要的心事也似的，即刻丢开了癞痢头的手，预备提起脚来跑开。小抖乱一把把他的衣服拉住了，两眼向他瞪着问道：

"你这家伙发了疯吗？你说你想出来了好办法，那你就说呀，为什么又要跑开？"

王贵才将眼一瞪，解开了小抖乱的手，一声不响地跑开了。在惊惶了一会儿之后，众人开始向王贵才追踪而来。他们好像把被捆绑着的张举人忘记掉了。

张进德和李杰立在院子的中间，询问刘二麻子和李木匠关于如何把张举人和胡根富捉来的经过。起初刘二麻子和李木匠还互相抵赖，你说是我引头的，我说是你引头的……后来他们两人爽快地承认了，事情是他们两人的同谋。在天刚亮的时候，李木匠想出了主意，便和好事的小抖乱商量，而小抖乱即刻喊醒了刘二麻子，告诉他去捉拿住在离关帝庙不远的胡根富和张举人……

"怕要打张进德和李先生一声招呼罢？"刘二麻子说。李木匠和小抖乱同声地反驳他：

"为什么要打他们招呼呢？我们这样做是没有错的。他们正在呼呼地睡着，不必惊醒他们，让他们睡一睡也好。等他们醒来了之后，见着我们把张举人和胡扒皮捉来了，那不高兴死了吗？"

"妈的，我领头，我知道怎么样去捉张举人，包管你不费吹灰之力。"何三宝这样鼓动着说。刘二麻子想了一会便答应了。于是他们便留下两个人看守胡小扒皮，而其余的人都出发了……

"我主张把这两个老东西打死掉！"李木匠最后向张进德和李杰提议着说道，"留着他们干什么呢？他们是我们这一乡的祸害。"

"你说把他们打死吗？"张进德轻轻地问了这么一句，并不期待着李木匠的回答，他将头仰向天空，好像那上面飞着的几块白云能够引起他的什么思想也似的。李杰也跟着向那天空望去，一时没说出什么话来。出乎他的意料，有一个人忽然将他的肩头重重地拍了一下。他回过脸来一看，见是满脸现着欢欣的，庆幸的笑容的王贵才。未来得及问王贵才的时候，王贵才已开始兴奋地说起来了。

"大哥！你知道吗？我想出来了一个好办法……就是，不如把张举人和胡根富绑着游街，使他们出出丑。弄一套锣鼓，妈的，一面拉着游街，一面敲着，怪热闹的，你说可不是吗？……"

"好极了！"

李木匠这么和了一声，便鼓起掌来。李杰目视着张进德，虽然表示着同意的神情，但没说话。张进德向着王贵才呆呆地瞪了一会儿，后来在他那肃静的面容上荡漾起微笑的波纹来。他回过脸来问着李杰说道：

"也好，就是这样干一下罢！平素他们在乡下人的眼里该是多么地高贵，该是多么地了不得，妈的，现在也教他们出出丑才是。我们要使乡下人知道，有钱有势的人并不是什么天上的菩萨，打不倒，只要我们穷人联合起来，哪怕他什么皇帝爷也是可以推翻的。好，我们这样干罢！……"

三十六

何月素在毛姑的家里过了一夜。她算初次实地尝受农民生活的况味了：低小的茅屋，简单的菜食，粗陋的桌椅，不柔和的床铺……这迥异于她家里的一切。从前，她也在什么时候曾想象过农民的生活，那也许是很苦的，那也许是为她这样的人所不能过的，然而现在当她和这种生活接触了的时候，虽然她起初也感着不安，可是后来将自己勉强了一下，倒也觉得没有什么为她所不能忍受的地方。她的好胜心很重，如果在起初她有点不惯于这种俭苦的生活，那当她一想到李杰是怎样地行动着的时候，她便对自己的小姐习惯加以诅咒了。

毛姑的纯朴的性格，活泼的态度，直爽而有趣的言语，很快地就使得何月素对她产生深切的兴味了。何月素很少知道乡下的姑娘；虽然生在乡间，但她却很少与像毛姑这样的乡下的姑娘们接触过。现在她仔细一研究毛姑，觉得像毛姑这样的乡下的姑娘，的确有一种特殊的为城市女子所没有的优点，如果李杰爱上了这个简单的姑娘，那这个姑娘，也实在有值得他爱的地方。

本来约定今早王贵才回来报告消息，但王贵才直至午后还不回来。王荣发老夫妻俩焦急得不堪，只是相对地埋怨着，叹着气，他们俩生怕自己的儿子遭遇着了什么灾祸。见着毛姑昨晚伴着一个洋女学生到了自己的家里，两老人家的心里老是不高兴，可是因为素来尊重客人的缘故，便也很客气地招待了何月素。何月素本来想和两位老人家谈谈话，但是一种生疏的感觉打败了她的这种企图。毛姑好像也觉察到了这个，总是将何月素绊着在自己的小房里，不使她和两位老人家见面。

午后毛姑端了两张小凳子，和着何月素走向屋旁小竹林里。两人坐下了之后，毛姑便开始向何月素问这问那：洋学堂里的生活有趣不有趣，念什么洋书，体什么洋操，唱什么洋歌……何月素一面和毛姑谈着话，一面听着小鸟的叫鸣，微微地感受着凉爽的竹风。她完全觉得她变成另一种境界的人了。

"听说那外边的洋女学生也革什么命，是不是？"毛姑有着很大的兴趣也似的问。她一手摇着一竿小竹瑟瑟地作响。

"为什么不是？现在的女子也要革命了。尤其女子要革命呢！我们乡下的女子该多么可怜！受丈夫的欺，受公婆的气，穷人家的女子更要苦……"

毛姑目瞪着她的前面，好像没注意何月素的话，在想着什么心事的样子；使何月素觉得这时她的丰腴的腮庞更为红嫩。忽然她如受了什么刺动也似的，全身颤动了一下，目视着何月素说道：

"是的，我们穷人家的女子更要苦！何小姐，你生在有钱的富贵人家当然不知道我们的日子……"

何月素连忙打断毛姑的话头：

"不，不！我为什么不知道呢？我很知道。因为我觉得这太不对了，所以我要……所以我答应了李先生，在农会担任妇女部的事情。女人也应当觉悟起来……"

话刚说到这里，一阵锣鼓的声音将两人惊怔住了。两人静着耳朵听了一下，听着叮当，喤咪，咚咚的声音越发近了，接着更听见嘈杂的人众的声音。这是向毛姑的家里走来了的样子。两人为好奇心所鼓动，携着手走出竹林，来至门前的稻场上，看是一回什么事。只见一大群的人众从东南方的大路上，向着毛姑的家里这方向涌激而来了。听着他们敲锣鼓的声音，好像是在玩龙灯，又好像是在出什么赛会，但时非正月，有什么龙灯可玩？又不是什么节期，有什么赛会可出？两人无论如何猜度不出这是一回什么事来。

人众越来越近了。两人渐渐看出他们的面目来。张进德和李杰并着肩走着。他俩的前面有几个人持着红的和白的旗子，在后面有些人推着拥着两个戴高帽子的人，又有些人敲打着锣鼓。空手的也很多，小孩子要居半数，他们跳着嚷着，就是在玩龙灯的时候也没有这么的高兴。最后他们来到了稻场，毛姑这时才觉察到了自己的哥哥在做着什么。王贵才手牵着戴着白色高帽子的白须老头儿，好像牵着牛也似的，脸上兴奋得发起红来。见着自己的妹妹和何月素并肩携手站着看他们，他便连忙将手中的绳索交与别人，几步便跑到她俩的面前来了。

"你们在看热闹吗？"王贵才用手略微揩一揩鼻梁上的细汗珠，欢快无比地说道，"嘿嘿！我们今天将张举人和胡根富拉着游街，你们看好玩不好玩？胡根富就是胡扒皮，何小姐你知道吗？张举人有势，胡扒皮有钱，平素他们是我们乡间的霸王，谁个敢惹他们？现在被我们拉着游街，戴着高帽子，这真痛快呀！"

何月素见着王贵才的身量还没有他的妹妹那样高，可是他矮小得甚是结实，伶俐，好像在小小的肉体内有着无限的青春的力也似的。毛姑见着自己的哥哥这般地高兴，笑着说道：

"你当心点！张举人不是好惹的！"

王贵才将小小的眼一睐，说道：

"我怕他什么！做死他！"

"我看你这东西是发疯了！你还不赶快给我到屋里来！"

出乎王贵才的意料，有人忽然将他的衣领握着，跟着就要将他拖进屋去。王贵才见是自己含着怒的，手中握着旱烟袋的父亲，便拼命地挣扎开来，向群众中逃跑去了。王荣发气得跺了几脚，又向王贵才追来，可是小抖乱拦住了他，笑嘻嘻地说道：

"你老人家这又何必呢？现在应当开心开心才是。来，你看看我们的张举人！"

小抖乱说着就将王荣发拉到被人众所围绕着，百般奚落着的张举人的面前，老人家想挣扎开来，可是小抖乱的腕力很强，无论如何挣扎不开。他真是肚皮都气破了，口中只不住地叫道："反了！反了！……"小抖乱不管他生气与否，还是嬉皮笑脸地说道：

"哎哟！你老人家还不知道呢，我们现在真是反了，我看你老人家倒不如加入我们一道造反才是……"

"放屁！"

老人家本预备吐小抖乱一脸吐沫，但是当他瞥见李杰和张进德站在一道的时候，不知为什么他又不吐了。他不由自主地被众人推到低着头不语的张举人的面前。见着那白纸糊成的高帽，感觉到一种滑稽的意味；见着他那般萎丧的，龙钟的老态，又不禁深深地动了怜悯的心情。张举人很畏惧地抬起头来望了他一眼，这一眼忽然使他回想起来了往事。

那是有一年的冬天。将近年节了。张举人打发人到王荣发家来买猪，当时言定猪价十五串钱，年内交一半，过年后再交一半。王荣发相信着张举人家是决不会不给钱的，却不料过了年，正月完了又到二月，王荣发还是不见张举人差人将未给过的猪钱送到。王荣发后来不得已便到张举人家讨索，可是张举人瞪了他一眼，鼻孔里哼了一声，骂道：

"混账！谁该你的猪钱？当时言明七串半钱，一齐都交给你了，你现在又来胡赖吗？走出去！不走我就要叫人打你了。"

王荣发只得抱着头出了张举人的大门……

事情久已被忘却了，现在忽然被这时张举人的一眼刺戳了一下而回想起来了。于是老人家王荣发便也低下头来，默不一语。见着他这种神情，小抖乱自然而然地将握着他的手放开了。很奇怪，噪嚷着的人众一时都寂静下来。王荣发默默地低着头站了一会，便回过身来悄悄地走开了。他一走开，这里又敲打起锣鼓来，叫喊着，说笑着。

过了一回，队伍又开始向别的村庄移动了……

何月素和毛姑一直等到人众消逝了影子以后，才回转头来重新进到竹林里去。毛姑默默不语，若有所思也似的，因为低着头的缘故，使得何月素看出她那藏在衣领内的雪白的颈项来。两人坐下来了之后，毛姑很庄重地说道：

"何小姐！现在世界恐怕是要改变了。这张举人和胡扒皮在我们这乡里从前该多么有势力，威风，谁个也不敢惹他们。今天我看着他们戴着高帽子，低着头，一点威风都没有了，比谁个也要矮了三寸……这真个是如我的哥哥所说，我们穷人要翻转身来了吗？"

"毛姑娘！你哥哥的话一点都不错！现在是穷人要翻身的时候了。你想想，这世界上为什么要有穷富的分别呢？为什么坐着不动的人反来吃好的，穿好的，而成年劳苦的人反来受苦呢？这不是太不公道了吗？"

何月素说到这里，不自觉地向着毛姑出了一会神。毛姑也睁着放着清利的光的眼睛向她呆望着。后来何月素开始笑起来了。

"毛姑娘！你也要革命才行！"

"我能革什么命呢？"毛姑反问她。

"不革命就要受丈夫的气。"

"喂，何小姐……"

毛姑的脸上即刻泛起浓厚的红潮来。何月素觉得她更为妩媚可爱了。就在这个当儿，李杰的影子忽然在何月素的脑海里涌现出来。也许是由于妒意，何月素从自己的口中不自主地溜出一句话来：

"李先生好不好？"

毛姑羞得昂不起头来。何月素见着她这种娇羞的模样，深觉得自己的话语太过冒昧了。毛姑很久没有作声，何月素以为自己莽撞她了，使她生了气，不禁深为之不安起来。其实这时毛姑的一颗心都飞到李杰的身边去了，忘记了坐在她旁边的何月素的存在……

三十七

自从这一次的破天荒的游行示威以后，乡间的空气大为改变了。乡人们在此以前屈服于金钱势力之下，也就把这种现象当成不可变更的命运的规律，可是从今往后他们却感觉到这金钱势力并不是神圣不可侵犯的，只要乡下人自己愿意将代表势力的张举人和代表金钱的胡根富打倒，那便不会有打不倒的事情。你看，他们俩不是被乡下人拖着游街吗？……

如果李敬斋和何松斋不是闻风先逃跑到城里去了，怕也要免不了同一的命运。如果命运这东西是有的，那现在便是土豪劣绅们的运命不佳的时代了。乡下人的粗糙的手掌是很有力量的，从前这力量未被他们意识到，可是现在他们却开始伸出这东西来了。在这东西一伸出来了之后，这乡间的空气便根本地改变了。

无知识的简单的毛姑深深地直感到了这一层。她本来是一个只知道烧锅，缝绣，洗衣，种菜，等待着嫁汉子的乡下的姑娘，现在却跳进另一种斗争的，兴奋的，为她所觉着是"有道理"的生活。她成为妇女部的干事了。她跟着何月素到处跑到农民的家庭里做宣传的工作了。从前她知道为妻的是要服从丈夫的，可是现在她却鼓动着吴长兴的妻反抗丈夫，却如男子也似的，她当面指责吴长兴不该虐待自己的老婆。从前她是一个很羞怯的姑娘，现在却能在一般男子的群众中间，一点都不羞怯地为妇女们的利益辩护着。从前她见着一个男子就要躲避，现在，你瞧，你敢向她说一句调戏的，不庄重的话罢。奇怪，毛姑于最短的时期内变成为另一个人了。无论她的父母是怎样地责骂她，是怎样地企图着将她重新拉入先前的安分的生活，可是她总是一点也不为所屈，坚强地走着她自己所认出来的路。

王荣发见着自己的儿女这般的行径，总是时常无力地慨叹着说道：

"儿子发了疯，女儿也发了狂，唉，这倒是什么世道呵！我的天哪！"

"好好的一个女孩儿家，忽然这样地一点也不怕羞，唉！……"王荣发的妻也是这样地慨叹着。

"这是你生出来的好女儿呵！"王荣发无法可想，这样埋怨他的老婆，可是他的老婆觉着这种埋怨太无理由了，便也就不服气地说道：

"这是我一个人的罪过吗？她不是你的女儿吗？？哼！来埋怨我！……"

有时老太婆见着自己的丈夫对待她太无理了，不自主地想起女儿向她所说的一些话来。在这时，她是很同情于女儿的行动的。有时她竟向自己的丈夫反抗起来：

"你不要太过分了，老鬼！弄得不好，我告诉你，我也要加入农会去。我看你能怎么着我。"

老人家一面骂着老太婆不要脸，一面也暗担着心：老太婆真莫不也要发了疯呵……天晓得现在是什么世道！儿子发了疯，女儿发了狂，连老婆也要加入农会去！唉！……

儿子和女儿都加入农会了，做着农会的事，因此家内的事就少做了。田中的秋苗渐渐地长高了，农事渐渐地紧张起来了，而王贵才却发了疯，天天到关帝庙里去进什么学堂，读什么书！……这事更将老人家气得昏了。

"岂有此理！我看你读了书可能当饭吃！"

父亲的威权在儿女的身上失去了，这使得他深深地悲哀起来。在最近的时日，老婆也要和他反抗了，你说他懊恼不懊恼呢？……有时他把罪过一起推到李杰和何月素的身上，以为他的儿女之所以有如此的行动，都是为他们二人所引诱的。没有李杰的归乡，那王贵才是不会坏的；没有何月素到过他的家里一次，那毛姑便不会失了女孩儿家的体面。他们两个简直是魔鬼呵！闹翻了一乡，又闹翻了他的家！这不是魔鬼是什么呢？……

在最近，何月素很少到他的家里来，就是毛姑自己也好像忘了家。她和何月素一道在农会里住着，帮着何月素办理一切关于妇女的事件。近来这些事件逐渐增多，几乎使她和何月素忙得没有闲空。她完全为火一般的工作所燃烧着了，就是有点空闲，她也会拿起书本来，咀嚼那不十分容易记忆的字句。有时她央求着李杰为她解释一些有兴趣的问题。在这一种学习求知的关系上，她的哥哥王贵才远不及她。不但何月素和李杰惊叹她的能干，就是全农会的青年们也莫不怀着敬佩的心情。一般农家的妇女们不待说，更为敬爱她了。

"怕什么！去找何小姐和毛姑娘去！从前我们有冤无处申，现在我们可是有申冤的地方了，到农会去，找何小姐和毛姑娘评评理！……"

一个羞怯的，不知世事的乡下的姑娘，现在居然变成为保护妇女利益的战士了。然而毛姑并没有意识到自己是一个战士，只知道这样才是对的，这样才是"有道理"。从前她完全受着命运的支配，对于任何事皆不发生疑问。现在她却知道发问了："这件事情有道理么？"如果"有道理"的话，那她便决断地做去，有时连何月素也要惊讶于她的勇敢呢。

有一次，李杰指着何月素的剪了发的头，笑着对毛姑说道：

"毛姑娘！你的辫子还留着，我看不如也像何同志这样，剪了去倒方便些。"

李杰说着这话，不过是说说罢了，并不一定要毛姑将辫子剪去，可是毛姑一听了这话，沉吟了一会儿，便脸红了红，坚决地说道：

"你的话有道理，李先生！我就请何小姐替我剪去……"

毛姑的辫子终于剪去了。在这闭塞的，不开通的乡间，女子剪发是最不名誉的事情，而毛姑竟不顾一切，将自己从前所视为神圣的，美丽的，乌云一般的发辫剪去了。她的母亲见着自己的女儿变成了"尼姑"，曾为之痛哭了一场，而王荣发也为之跺起脚来。

　　"这，这是什么世道呵！"

　　他以为他的女儿真是发了狂了。不然的话，为什么连头发都剪去了呢？而毛姑却不在意地向她的父母说道：

　　"这有什么要紧呢？发剪掉了不是方便些吗？妈！我劝你也剪掉罢！每天起来梳头的确是讨厌呵！何小姐说，现在外边剪发的女子多着呢。妈！我来替你剪掉罢！"

　　老太婆听了女儿的这话，也忘掉哭了，连忙用手将自己的头发掩蔽起来，惊骇得张着嘴，半晌说不出话来。

　　"你敢，你这发了疯的野丫头，活了这么大的年纪，我还要献丑吗？我生了你这不要脸的野丫头……好好的女孩儿家，忽然发了疯！唉，你拿镜子照一照，看看你现在到底变成了什么样子呵！……"

　　毛姑娘依旧微笑着，听着她的母亲的责骂。她知道她的母亲太老了，被旧生活所压伏住了，没有力量来了解她的最亲爱的，而这时又为她所气恨的女儿。

三十八

　　在老婆戴起斗笠，冒着雨就跑出去了之后，吴长兴踌躇着不能决定：跟着她去呢，还是不跟着她去？如果跟着她去，那实在令人生气，落着这么大的雨！如果不跟着她去，那天晓得她会做出什么事来！也许她去投水去了，也许她跑到农会里向他们说出一些不好听的，失去他的体面的话……唉！天晓得！老婆也不受他的管束了！……

在不久以前，吴长兴还是很坚定地相信着，如果他受了命运的气而无处可以发泄的时候，那他的老婆便是他的唯一的发泄的对象，因为她是他的老婆，而老婆是要受丈夫的支配的；如果穷困得一无所有，那他的老婆便是他的唯一的所有物，因为她是他的老婆，而老婆就是丈夫的私产。因此，吴长兴认定他的老婆是要绝对服从他的，他有绝对处置的权利。关于自己老婆的事，只有自己才能过问，别人是无权干预的。当他初次听见农会要设妇女部处理一切妇女事情的时候，他就坚决地反对，以为这没有必要。"农会难道没有别的事情可做吗？设什么妇女部，真是三岔口的地保管得宽！"他这样想着，不料妇女部违反他的意志终于还是被设立了，而自从设立之后，便多出许多事情来。他的老婆渐渐地不服从他了。他不能像先前如对猪狗一般地打骂她了。今天吴长兴又生起气来了，他想在他的老婆身上发泄一下，可是出乎他的意料，他的老婆初而抵抗，继则拿起斗笠来往头上一戴，不问屋外落着淅沥的雨，便一溜烟地跑出去了。

"这种受罪的日子有什么过头！"她临行时说道，"我去找何小姐讲理去，看看他们怎么说。黑鬼！狗光棍的跟我一道去。现在我有申冤的地方了，你不要再发昏了，我老实告诉你。你想，我一定要有你这样的一个男人才能过活吗？呸，你错想了！我再做你的老婆就不是人！……"

吴长兴真是悲哀极了！他的唯一的所有物，眼见得也要不是他的了。今天也想农会成立，明天也想农会保护他的利益，可是不料有了农会之后，他的老婆却也仗着农会的力量，很不恭顺地和他反抗起来了。什么何小姐！什么毛姑娘！天哪！她们将他的老婆引诱坏了，完全地引诱坏了！这是他希望成立农会的结果吗？如果农会是专门破坏人家夫妻关系的机关，也就是和他吴长兴捣乱的机关，那就打倒你这农会吧！……但是吴长兴虽然一方面厌恶农会的多事，可是他究竟不能诅咒农会的存在。农会的确做出许多保护像他这样的穷人利益的事。如在农会成立了之后，这乡间的穷人好像伸直腰了的样子，不像先前那般地被慑服了。李大老爷失去了威严，张举人游了街，胡根富也被罚了款……这一切实在为吴长兴所觉得是最痛快不过的。他负了二十多块钱的高利贷，无论如何没有还清的希望，可是有了农会以来，他觉得这并不是可怕的事了。农会曾宣布过一切高利贷都算作无效，穷人可以不还债了……这么一来，吴长兴可以不必再为着所负的债而焦虑了。是的，农会是保护他的利益的，同时他应当也保护农会！在活捉着胡小扒皮的那一天夜里，吴长兴曾出过死力；他觉着保护农会是他应尽的义务。但是……天晓得！……农会只顾和李敬斋，张举人，胡根富……斗争也就罢了，为什么要问及妇女的事情呢？为什么要设立一个什么鬼妇女部，叫一个什么黄毛丫头做部长，把他的老婆引诱坏了呢？

见着老婆气愤地跑出门了之后，吴长兴踌躇一会，也就戴上斗笠，披起蓑衣，赤着脚追上去了。走了几步，他才想起来了屋门没有上锁，可是他想起屋内没有什么东西是值得偷的，又加之是落雨的天气，谅也不会有什么偷儿来光顾他，便也就放下心了。在泥泞的路上，适才老婆的脚印还可以被认出来，他顺着这种脚印追去。他和他的老婆一样，也是满肚子怀着气愤，但是不知为什么，他走得离关帝庙越近，他的气愤的火焰越被一种畏怯的冷雨所压低了。走到关帝庙门前的时候，他努力加了十分的勇气，方能跨过适才为他的老婆所跨过的门限。

在雨声中，庙内显得比平时要静寂些。大殿上有几个人围着桌子斗牌，他们好像没注意到吴长兴的到来。吴长兴立着不动，静听一下东西厢房内有什么动静，接着他便听出由李杰的房内传出来一种声音了。

"进德弟！你不能这样说！那黑鬼待我是怎样地不好，你是亲眼看见过的。我无论怎样都不愿意再做他的老婆了！我情愿讨饭，我情愿……

这农会不是要人烧饭吃吗？我来烧饭……"

这是吴长兴老婆的声音。"乖乖，她真不要我了吗？"他这样想着，一面气愤，一面又担起心来。他虽然不爱他的老婆（其实他自己也不知道他爱老婆呢还是不爱），可是他无论如何不愿意他的老婆真个要离开他。

"张同志！你是吴长兴的表弟，应当劝劝他才是，这样对待妻子是不行的。"这是何月素的声音。吴长兴听了这话，不由得十分地担起心来，尖起耳朵来听着张进德的回话。张进德没有即刻回答她，半晌方才听着说道：

"何同志你不晓得。这吴长兴虽然是一个好人，可是蛮得要命，就是劝也很难劝得好。我不是没有劝过他，无奈这家伙和蠢牛一样……"

"我看这样，吴大嫂不如爽快和那黑鬼离婚罢！有什么要紧！像这样天天吵骂有什么意思呢？不如离开的好。真的，吴大嫂可以来替我们烧饭吃。"

吴长兴最后听见毛姑的这一番话，禁不住发起火来，心中暗自骂道："你这不要脸的黄毛丫头！我和你有什么仇恨，你硬要怂恿着我的老婆和我离婚呢？妈的！……"他于是也不再听下去了，便气冲冲地跑到李杰的房间里来了。他连斗笠和蓑衣都忘记了脱下，这种水公鸡模样的突然出现，使得房间里坐的人们都惊愕起来了。他老婆坐在门背后，他初进时没注意到；见着并着肩和何月素坐在床上的毛姑，禁不住用手指着骂道：

"你这黄毛丫头！我和你有什么仇恨，你这样和我作对呢？我挖了你的祖坟不成……"

毛姑见着吴长兴这种凶恶的神气，不禁骇得张开嘴，向何月素的背后躲藏起来，生怕吴长兴要吃了她也似的。张进德立起身来，一把把吴长兴尚未脱去蓑衣的肩头握着，两眼射出令人可畏的炯炯的光来，严厉地说道：

"你，你发了疯吗？你自己待你的老婆不好，还怪别人吗？为什么你受了人家的欺负就要反抗，你的老婆受了你的欺负就不能反抗你呢？这是什么道理，你说！你说！"

在这一瞬间，张进德的神气的确是可怕的，众人都感觉到，如果吴长兴说出一个不恭顺的字来，那张进德的如铁锤一般的拳头，便会落到他的身上。只见吴长兴始而惊异，仿佛不知发生了什么事也似的，继而慢慢低下头来，表现出屈服的样子，默默地不做一点儿声响。张进德见着吴长兴取消了顽强的态度，也就将自己的态度缓和下来了。

"我老实对你说，"张进德停了一会说道，"像荷姐这样的老婆，你是再找也找不到的。你不要再发昏了！从今往后应当好好对待她，如果我们再知道你对她撒野，那就请你当心点，不要再怪我们了。"

"荷姐！"他回过脸来向吴长兴的老婆很柔和地说道，"你同他回家去罢，今天这是最后一次。如果他还不改过的话，荷姐，请你放心，一切都有我们。"

吴长兴的老婆听了张进德这话，不禁向立着不动的她的丈夫瞟了几眼，表示出一种得意的胜利的神情。她立起身来又重新静静地向她的丈夫望了一回，好像期待着吴长兴和她同阵回家也似的，但是吴长兴依旧低着头立着不动。她弯腰将放在门后的斗笠拿起来，向众人很感激地望了一下，没有说出什么话来，便先自走出房门去了。在她离开了之后，约莫有两分钟的光景，吴长兴抬起头来向张进德望了一眼，预备开口说出什么话来，可是不知为什么他又重新将头低下，回过身来，静悄悄地，一步一步地走出房门去了。地下遗留了他的潮湿的脚印。

雨依旧淅沥地下着。过了半晌，在静寂的房间的空气里，忽然荡漾起毛姑的活泼而脆嫩的笑声。

"哎哟！他可吓死我了！好像要把我吃掉了的样子……"

三十九

"我好久不写日记了。在紧张的生活中，我没有闲空拿笔，其实我也忘记掉了拿笔。整日里说着，跑着，思想着，焦急着，活活地为工作所吞食了，我哪里还能想到写日记呢？白日里忙着，夜晚间我更深深地进入梦乡了。我的生活从来没有这样地紧张过……可是我并不觉得艰苦。反之，我从来没有觉着过生活像现在这样地有兴趣。从前当小姐以至于当学生的时候，不错，那种生活是安逸的，然而若与现在比较起来，那我宁愿这样艰苦地，然而同时兴奋地，有趣地生活下去。我觉得我现在才发现了我自己，才是真正地在生活着……

夜已深了。在平素的时候，我这时应当睡去了。可是不知为什么，今晚我的脑海里翻了一下无名的波浪，神经便兴奋得不能安静下去。怪事！讨厌极了！明天一清早就要去找李木匠的老婆有事，而我却于这样夜深的辰光，还不睡觉，还在提笔写什么不必要的鬼日记！但是我又觉得非写下去不可……反正是不想睡，不如写下去罢。虽然无益，可是也没有什么害处。

毛姑现在是在睡兴正浓的时候。在灯光的底下，我见着她睡后的姿态倒比在白天里更为娇艳，更为可爱起来。她很疲倦地脸向着外边躺着，蓬松的短发将她的眼睛遮去了一只。纯洁的，无辜的，孩子式的微笑，时常在她那睡后的面容上波荡着，好像她在做着一种什么只有小孩子才能做出的那样有趣的，愉快的梦，未穿着睡衣的精赤的雪白的手臂露在被子的外边，如果我不怕会失去她那睡后的美丽的姿态，那我便要把它放到被里去，因为今夜是有点寒冷呵……

好一个纯朴的，可爱的，同时又是勇敢的姑娘！从前我不曾想到在乡间，在我们这样鄙陋的乡间，会有这般可爱的农女，因此，当我知道李杰因为一个什么简单的农女而拒绝了我的时候，我禁不住笑李杰的愚蠢。可是现在我知道了，李杰为什么爱上了毛姑的姐姐，现在又为什么爱上了在这夜深时为我所赏鉴着的睡后的毛姑。如果我是一个男子，那我也是会爱上她的呵！不错，李杰并不愚蠢呵……

但是在另一方面，我总觉着我如受了什么侮辱也似的……无论我是怎样地有自信，怎样地没把自己个人的幸福看得贵重，怎样地对于李杰不怀着超过同志以上的感情，但是每当我觉察到李杰向毛姑放射着情爱的眼光的时候，我总不能把持着我这一颗心不为嫉妒所刺动起来。例如昨天我正和一个诉苦的农妇谈话，我的心是被这农妇的不幸的命运所占据住了，可是当我一见到立在旁边的毛姑向走进来的李杰展着情爱的微笑，而李杰也以此报答之的时候，我忽然觉得失去了一件什么重要的东西，一瞬间为悲哀所笼罩着了。唉，我竟失去了自主的能力！如果这样地继续下去，那结果是怎样的呢？唉，我的天哪，你救一救我！……

现在，我想，这样继续下去是绝对不可以的。李杰爱上了毛姑，毛姑是值得他爱的，而且毛姑眼见得也是爱上了他……两个人互相爱恋，这于我第三者有什么关系？而且李杰认识毛姑在我之前，而且这恋爱是李杰的自由……我有什么权利来……哎哟，我在‘吃醋’吗？……何月素呵！你应当知道这是很丑很丑的事情呵！你问一问你自己，你真的不怕难为情吗？哎哟，天晓得！……无论如何，今后何月素要和‘吃醋’这东西离开呵！

说起来，我无疑是毛姑的先生。我教她识字，我灌输她的知识……在这短短的时期内，我可以说，我把她养成一个很有能为的女子了。如果我不来这农会里办事，那她恐怕不会有现在的样子罢？呵，我的亲爱的学生！我的唯一的工作上的帮手！然而她是我的情敌；我在培养我的情敌，使她更能博得李杰的欢心……呵，活见鬼！我此刻又在'吃醋'了！不，何月素！你应当永远忘记这件事情！在爱情的关系上，眼见得你是要受失败的命运所支配了。虽然你是在爱着李杰，然而你应当知道，李杰的一颗心久已牢牢地系在另一个人的身上了。而且，你问一问自己，你真好意思和你亲爱的学生'吃醋'吗？你要知道，毛姑对于你的重要，不是因为她是你的情敌，而是因为她是你的学生，你的唯一的帮手。工作是高于一切的，月素呵！……

在奋斗的工作中，我觉得我是异常幸福的。如果矜夸不完全是罪恶的话，那我现在实在是有可以矜夸的地方了。你看，我们的工作不是最伟大的事业吗？你看，这乡间的农妇的悲苦的命运，不是经我一努力，而使她们有了一点光明的希望吗？几千年的陈腐的旧社会的根基，现在是被我们所摇动了。这当然不是一件轻易的小事。这当然不是小姐们绣花的玩意儿。被命运所屈服着的乡下人，现在居然起来做解放自身的斗争了，而在这一种斗争之中，我很幸运地充了一员战士。我矜夸我自己不是什么闺阁的小姐，不是什么跳舞唱歌的女学生，而是一员战士！

我的叔父他是不会明白我的。我这一次的'无礼行动'，不名誉的'私逃'，大概要使他愤恨得跺坏了脚跟，骂破了喉咙。听说他和李杰的父亲，在阴谋破露了以后，都骇得跑到县城里去了。一个生了像李杰这样不孝的儿子，一个有了像我这样不知羞的侄女儿，哈哈！真是无独有偶了。在我们的这一乡中，这故事将会传到许多年以后。李杰和何月素两个人的名字，将在人们的口中联结在一起，缺憾的是李杰的爱人不是何月素，而是另外的一个……

写到这里，床上的毛姑忽然吱咕出两句不明白的呓语来。她的头部往后仰了一点，令我觉得她的那姿态更为小孩子式的，纯洁，可爱……我禁不住弯下身来，在她的腮庞上轻轻地吻了一下。我是在爱着她呵！……

我也应当上床睡觉了。明天有许多事要做。爱情不是最伟大的，也不是最重要的。最伟大的，而且是最重要的，只有工作，工作，工作呵……"

四十

苍茫的暮霭笼罩了东山。刚落土未久的夕阳，还未即将屋顶和树梢的余晖完全收去。晚风荡漾着层层的秋苗的碧浪，这时如人在田埂间行走，要宛然觉得如在温和的海水里沐浴一般，有不可言喻的轻松的愉快，在归途中的牧童的晚歌，虽然那声音是单调的，原始的，然而传到你的耳膜里，就会使你产生一种恬静的，同时又是很美丽的感觉。傍晚的乡间的景象，有一种特殊的意味，这意味为何月素近来所深深地领略到了。

在往昔，何月素是不敢单身在这寂静的田野间行走的，可是近来因为要和农妇们往来的缘故，有时不得已迟至天黑了才能归来。这样一次，两次，她便成为习惯了。又加之她感觉到傍晚间一个人在田野间行走的趣味，有时即使有人要送她，她也是要拒绝的。

今天在一个农村中，何月素召集了一个农妇的会议。在会议上并没讨论什么问题。只是农妇们向何月素发了许多可笑的，又是简单又是复杂的，然而不能说那不是些有趣的问题。例如："我的婆婆待我很不好，怎样办？""我的丈夫在外边瞎闹，姘女人，怎么样才能使他回转心来？""革命军里有女兵，是不是？""女学生念什么洋书？女学生可以自由找男人，是不是？""女人也要革命吗？"……对于她，有知识的何月素，这些似乎都是可笑的，愚蠢的问题，可是她却并不因此而不为她们做详细的解释。被陈腐的旧生活所深深地压服住的她们，现在也在开始求知，开始感觉到有另寻另一种生活的形式的必要了。而她，何月素，应当将自己的力量贡献于这种光明的开始……

疲倦了的身躯要求着轻松的休息。走至东山脚下的时候，天色虽已晚了，可是何月素并不以此为虑，她拣了一块草地坐下，想借此将疲倦了的身躯略微休息一下。轻柔的暮春的晚风，拂到她的面孔上，使她生了一种轻松的愉快的感觉，很快地就把她的疲倦驱散了。一面意味着眼前的晚景，一面回忆着会议上的情景，她的面容上不禁舒展着很悠然自得的微笑。

忽然她看见在她适才所走过的路上，有一个踉跄的人影向她这儿移动。只见他好像吃醉了酒也似的东倒西歪地不能把定脚步。他一面走着，一面断续地唱着不合乎音节的山歌：

> 心肝肉来小姣姣，
> 问声我郎你可好？
> 郎不来时我心焦，
> 郎既来时我心恼，
> 骂声小郎你将小侬忘记了。

> 心肝肉来小姣姣，
> 叫声乖姐听根苗：
> 我不来时你心焦，
> 我既来时你又恼，
> 你端的为的是哪一条？……

这歌声引起了何月素的不快的感觉。当她要立起身来的时候，那人

143

已走至面前了。这时何月素才认出他是刘二麻子。平素她是很嘉奖刘二麻子的，说他很忠实，很勇敢，但是此刻不知为什么，她一见到刘二麻子向她投射着为醉鬼所特有的眼光，即感觉到有一种什么可怕的灾祸快要临到她的头上也似的。她预备迅速地离开刘二麻子，可是当她要开始走动的时候，刘二麻子一把将她的肩头抓住了，她挣扎几下，卒没有挣扎开来。凶恶的充满着热欲的眼光，令人难耐的酒气，使得何月素觉着自己是陷落到恶魔的手里去了，不禁全身战栗起来。在意外的惊骇之中，她连叫喊呼救的事都忘记了，刘二麻子真如恶魔一般，一言不发，一下将失去反抗力的何月素的身躯拥抱起来，即刻就企图着解开她的衣服。巨大的恐怖和绝望，忽然使得何月素拼命地喊叫起来：

"救命呵！救命呵！……"

但是刘二麻子仍继续进行下去，不把何月素放开。何月素虽然用尽全力挣扎，但是如在鹰爪下的小鸡一般，终于无法逃脱。不料正在危急万状的当儿，忽然有人跑上前来，在刘二麻子的背上痛击了几拳，这使得他即刻将何月素放开了。何月素在惊喜过甚之际，还未曾很明晰地看出来救她的是什么人的时候，又听见一种痛骂的声音：

"你这该死的麻皮！你这连禽兽还不如的东西！何先生是我们什么人，你敢这样地无礼！你这该死的麻皮……"

接着刘二麻子便被来人掀翻倒在地下，如死去了的老虎一般，躺着动也不一动。只见那人骑到刘二麻子的背上，那拳头如铁锤一般地打下，只打得刘二麻子发哼，但决不企图抵抗。这时远远立着的何月素，才认识出这来救她的人是张进德。从这时起，她不仅佩服张进德的勇敢，果断，并且对他怀着一种极深切的感激的心情了。

"张同志！"何月素觉着刘二麻子所受的惩罚已经够了，便远远地止住张进德道，"算了罢，不必再打他了。他大概是吃醉了酒……"

张进德听了这话，即刻停住了拳头不打了。他立起身来以后，愤愤地向着躺在地下呻吟着的刘二麻子厉声说道：

"如果你再敢这样地胡为，我就把你打死！你这该死的麻皮……"

夜的黑幕已经展开了。两人离开了躺在地下的刘二麻子，静悄悄地向着关帝庙走来。何月素在途中企图着将感激的心情向张进德吐露出来，但不知为什么，她终于没说出只字。张进德跟在她的后边，默默地也毫不做一点儿声响。不过他的一颗心儿，这时有点异样地跳动起来。他觉着他的脸上是在泛着红潮了。"我难道对她也动了心吗？……"他想。在前面走着的何月素的步声，他觉得那是合乎他的心的跳动的拍奏的……

他抬头一看，那天上颗颗的星儿向他展着微笑。

四十一

关于昨晚在东山脚下刘二麻子向何月素所施行的野蛮的举动，除开当事人而外，谁个也不知道。何月素自己缄默着不语。张进德也不曾向任何人提出一个字来。一切似乎都还仍旧。但是张进德对于何月素的态度却有点和先前不一样了。他先前很喜欢和何月素说话，那态度是很自然的，亲热的，除开同志的关系而外，不会使得何月素发生别的感觉。可是从昨晚的事情发生之后，张进德却很奇怪地把持着自己，不大与何月素说话了。就是在说话的时候，他也企图着躲避何月素的眼光，因此，那态度就有点不自然而生疏起来。他自己也很惊异他忽然有了这样的变化。"奇怪！……"他想。但是他无论怎么样地勉力，总不能恢复那先前的态度来。

"你是怎么一回事呵，张进德！"他终于这样责骂着自己说道，"你发了疯了吗？你配爱人家吗？你是一个矿工，而她究竟是小姐；你是一个黑汉，而她是一个女学生……你也配生了这种心事吗？她在爱着李杰呢……你，你这癞蛤蟆想吃天鹅肉……"

但是他虽然这样很严厉地责罚自己，可是苦恼着他的，是他终于没有力量和这种"爱"的感觉奋斗起来。本来在爱情上不怀希望，生了三十二岁也从来没尝受过爱情的滋味的他，现在忽然为爱情所苦恼着了。虽然他的个性很强，虽然他很能把持着自己，但是爱情这东西是不可思议的，无论你是怎样的英雄好汉，都难以逃出它的支配。他一方面意识到他对于何月素的爱情是无实现的可能的，但在另一方面他却不能把自己一颗跳动着的心儿平静下来。

他所能做得到的，只是避免和何月素接触，避免她的眼光……这当然不是最好的方法，然除此而外，他又有什么别的出路呢？何月素虽然开始感觉到张进德对她的态度有点异样了，但不明白这是因为什么，有时竟有点烦闷起来。"他为什么和我生疏起来了呢？"她想。张进德的为人是为她所信任的，可是她决不曾想到张进德会爱上了她这么一回事。昨晚她在东山脚下受了意外的袭击，而张进德适逢其会援救了她，那只是增加她对于张进德的感激而已。她本来要寻着什么机会向张进德吐露出自己的感激的心情，可是一当她看见他那严肃的面孔为着一层忧郁的薄云所笼罩着，而且企图着避免她的眼光的时候，她不禁要怀疑地想道，"这是怎么一回事呀，啊？我得罪他了吗？……"

昨晚的意外的袭击，使得何月素也感觉到精神上受了损伤了，一时恢复不过来。对于还是处女的她，这袭击对于她的精神上的影响实在是太巨大了。如果不是张进德的出现，那她简直想象不到那结果是怎样地可怕。也就因此，何月素异常地感激她的救主，无论如何，也要向张进德表示一下。张进德的生疏的态度苦闷了她，可是她素来是好寻根问底的，见着张进德对于她的态度有了异样，她决意直接问明他是怎么一回事。

她走进张进德的卧房去了。不料这时李杰正和他商议着关于如何减租的事。两道浓眉紧蹙着，正在集中思想的张进德，见着何月素走进房来，忽然很不安地，如犯了什么罪过被人捉住了也似的红起脸来了。李杰没觉察到张进德的神情有了变化，只立起身来请何月素坐下，笑着说道：

"你来了恰好。我们有一个问题不能解决。农会对于减租的问题怎么办呢？照政府的公布，那是减百分之二十五，可是我想，这未免也减得太少了。顶好是干脆，农民们一个租也不缴。为什么要农民把自己所苦挖苦累的东西送给地主呢？张进德同志说，这问题要好好地商量商量，我看没有多商量的必要。何同志，依你的意见怎么样？"

"依我的意见吗？"

何月素一面望着不知何故红了脸的张进德，一面思索了一会，很坚决地说道：

"我的意见和你的一样。我们说的是土地革命，为什么还说到租不租呢？张同志你到底是怎样的主张？会长先生？"她说出最后的一句话之后，抿着嘴向低着头不作声的张进德笑起来了。张进德半晌不回答何月素的话，好像没听见也似的，后来他忽然抬起头来，恢复了他平素的果敢的态度，很沉重地说道：

"现在我的意见也和你们两个人的一样。"

"好，那我们明天就贴出布告来。"李杰很满意地这样说。他眯着两眼，笑嘻嘻地望着窗外，一壁用手指头叩着桌面，如在幻想着什么得意的事也似的。忽然他回过脸来向着张进德问道：

"刘二麻子为什么现在还不见影子呢？我们的交通总长忘记了他自己的职务吗？他应当到城里去买写告示的纸，而且我有一封写给省里总会去的信，也要他到城里去寄……"

李杰说到此地停住不说了。他很惊异地望着张进德和何月素改变了的神情。张进德低下眼睛俯视着桌面，表现出十分局促的样子，而何月素偏过头去，那涨红了的脸部还可被李杰看着一半。好像他们二人之间有什么秘密，这时被无意的李杰的话语所揭露了也似的，这逼得李杰觉得自己也好生不安起来。他暗自想道，"这是怎么一回事呢？我并没说出什么不好的话呀！怪事！……"由这一种思想，他也没有勇气再继续往下说去了。这时房间的空气顿时沉默得令人难耐，尤其令李杰感觉难过，不知如何才能脱去这种快要闷死人的境界。

出乎他的意料，忽然房门一开，刘二麻子红着脸，很仓皇地跑进来了。只见刘二麻子扑通一声，在张进德的面前跪下了，这眼见得也弄得张进德莫名其妙地吓了一跳，何月素回过脸来，见是刘二麻子跪在张进德的面前，脸孔更加红涨起来，很厌恶地瞅了一眼，即刻就立起身来走出房门去了。

"你，你是怎么一回事？"张进德很惊异地问。

"请你打死我这不要脸的东西罢！唉，我这不成形的人……进德哥！你把我打死罢，打死我也不冤枉……我做出这种事来……我，我懊悔也来不及了……"

刘二麻子忽然伏着张进德的膝头哭泣起来了。张进德将眉头一蹙，半晌没有作声。他的脸上逐渐露出一种怜悯的神情了，开始用手抚摸着刘二麻子的光头……

"你昨晚难道发了疯不成？"张进德后来这样责备他，但在低微的声音里只有怜悯而无厌恨了。"究竟是一回什么事呵，你说！"

"我，我吃醉了酒……我……发了昏……"

刘二麻子还是伏着张进德的膝头哭泣，仿佛小孩子受了什么冤枉，在他的母亲面前诉苦的模样。李杰到现在还是不明白是怎么一回事。只见张进德将声音放得更抚爱一点，抚摸着刘二麻子因哭泣而稍微有点摆动的光头，如母亲教训小孩子一般地说道：

"只要你下次不这样了，我想何先生是一定不会怪你的。此后好好地做事要紧。老婆是可以找得到的……起来罢……李先生在这里，他要叫你到城里买东西去呢？……"

四十二

这乡间的空气还依旧，可是这乡间以外，在县城里，在省城里，在政府建都的所在，近来似乎在酝酿着什么可怕的，一时尚难以想象的事变……

李杰经常读着由省城里寄来的书报，通告，信函，虽然不能在这其间寻出一个确定的线索，可是那些隐隐约约的语句，偶尔不十分清晰的暗示，都足以逼令李杰感觉着：在普遍紧张的革命的空气里，正在酝酿着要爆裂的□□ [1] 的炸弹；这炸弹虽然一时不能被指出在什么地方，然而如果一朝爆裂了，那是有可怕的后果的。李杰深深地感觉到这个不可避免的事变，虽然不能用明显的语句将这种感觉表示出来，可是他近来却为着这种感觉所苦闷着了。

在他初进到革命军里工作的时候，他也和别的人一样，为革命这醇酒所沉醉着了。他曾相信这军队以及这军队的指挥者，也和他一样，是革命的主力，是光明的创造者。可是他后来渐渐熟悉了军队中的情形，渐渐认识了所谓"革命的大人物"的面目，不禁逐渐地失望起来。"这样的人能够革命吗？如果这是革命，那么这革命是为着谁个所需要的呢？它的结果是怎样？……"他总是这样暗自想着，他的不满意和怀疑也就

---

[1] 编者注：因年代久远，文字已缺失，故以□□代替；下同。

因此深深地增加了。

那时，同志们说他过于担心……他自然不愿意承受这种乐观的意见，但是他不能很确定地证明他所怀疑的对象，于是在那时他便也没有很坚强地反驳。但是他本能地感觉到"这些人讲革命是靠不住的"，终于请求回到自己的故乡来，实地进入乡下人的队伍里……他相信这是根本的工作，如果他要干革命的话，那便要从这里开始才是。

现在，他回到乡里已两个多月了。在这两个多月的时间中，他相信自己有了相当的成绩。无数的年月被旧的陈腐的生活锁链所捆缚着的乡间，现在居然在他和同志们的努力下改换了一副新面目了。在这乡间，土豪劣绅们失去了势力，乡人们开始意识到有走上新生活的道路的必要。这当然不是小事，这是自有人类历史以来的一种非常现象啊！但是这乡间究竟是一个很微小的区域，在这里他究竟很难建造出一个理想共和国来，如果在这乡间以外的地方，在县城里，在省城里，在京都里，统治着□□的势力。李杰感觉着这种□□的势力蒙着一种面幕，逐渐地在暗里膨胀着，说不定今天或是明天，那可怕的面目就会呈露出来。那时倒怎么办呢？……如果李杰感觉到在这一乡间的范围内，他是有力量的，可是当他想到这范围以外的时候，那他便要感觉到自己的微弱了。

他深深地为着这种感觉所苦闷着。有没有将自己的这种感觉告诉其他同志的必要？谁个也不会明白他。乐观的，正在兴奋着的何月素，是不会相信他的话的。她一定会反驳他，"不，这是不会发生的事情！"至于毛姑，王贵才，刘二麻子，瘌痢头……那是更不会明了他的话的。有一次他曾向张进德略略提及一下，可是张进德很不在意地说道：

"管他呢！到什么时候说什么话。"

谁个也不会明白他的焦虑！天晓得！……

今天，他接到他的朋友从省城里寄来的一封信。不知为什么，在未将信封拆开以前，他就好像预感到那信里面有着什么不好的消息。他的预感竟证实了。他的朋友向他报告"马日事变"……□□的势力抬起头来了……政局正在变动……

这对于李杰来说并不是意外的晴天霹雳，他早已预感到了。不过当他的预感被这封信证实了的一瞬间，他的一颗心不禁陡然剧烈地跳动起来！"嗯哈！这些戴假面具的魔鬼到底要露出自己的真面目来呀！"他想。但是今后应当怎么办呢？革命就此算完结了吗？光明究竟没有实现的希望吗？不，这是不会的罢？……

他将信的内容首先告诉了何月素。这时何月素正在为毛姑解释"阶级""专政""资本主义"的意义，毛姑听得出神，她也说得高兴。她翕张着小嘴，活动着两只圆圆的眼睛，有时还摆动着白嫩的小手。李杰走进房内，她并没有觉察到，倒是头偏伏在桌上静听着的毛姑先看见他了。

"你说得这样高兴，可是你可知道在省城里发生了什么事情吗？"

李杰说着这话，即将手中的信递给她了。她看见李杰这样忧郁的，失望的神情，惊怔了好一会儿，没有说出什么话来。李杰见她将信越读下去，越将眼睛睁得圆了，脸上也越渐苍白起来。将信读完了的时候，她的眼睛充满着气愤与怀疑，声音颤颤地向着李杰说道：

"这，这是真的吗？岂有此理！……"

李杰没有作声。毛姑莫名其妙，只惊异地望着他们二人，想开口又没有开口。信纸从何月素的手中落到地上了。她一瞬间如中魔也似的，眼睛笔直地向落下的信纸望着，一点也不移动。停了一会，她口中轻轻地叽咕出几句话来：

"这样革命革得好……这才真是革命呢……"

"怎么一回事？"

突然的刚走进来的张进德的声音，将发了痴的何月素的状态惊醒了。她重新弯起腰来拾起那落在地上的信纸。

"怎么一回事？"

张进德又重复了一遍，何月素立起身来，手中持着拾起来的信纸，如考验也似的向张进德望了一会，说道：

"怎么一回事……事情是很糟糕了，我告诉你。"

于是张进德听着何月素的述说了……

张进德的脸上始而为气愤的火所燃烧着了，即时红涨起来。继而像忧郁的云渐渐地展布开了。他低下头来，默然不发一点儿声响。众人的眼光都集中到他的身上，房间内一时寂然。出乎意料的是，他忽然伸出巨大的拳头向着桌面上狠狠地击了一下，放出很坚决的声音，说道：

"妈的，管他呢！我们干我们的！只要我们还有一口气，就应当勇敢地干下去！……"

四十三

李敬斋什么也没有明白。自己的亲生儿子号召着农民反对他的父亲；许多年来驯服的，任着田东家如何处置就如何处置的佃户，和奴隶差不多的佃户，现在忽然向他们的主人反抗起来了；他，李敬斋，本是这一乡间的统治者，最有名望的绅士，现在忽然被逼得逃亡出来，匿居在这县城里的一家亲戚家里……这究竟是怎么一回事呢？难道就这样地翻了天吗？儿子反对父亲！佃户反对地主！这是历古以来未有的奇闻，而他，李敬斋，现在居然身临其境。眼见得于今的世道真个是变了。唉，这该是怎样的世道啊！……

自从阴谋破露了，张举人被拖着游街以后，李敬斋即和着何松斋先后逃亡到县城里来了。县城里也被如李杰一般的人们统治着，"打倒土豪劣绅"的标语贴得到处皆是，这所能给予他和何松斋的，只是增加他们的失望的心情。难道世界就从此变了吗？李敬斋有时不免陷到绝望的深渊里，但是何松斋却比他乐观些，不相信这样的现象会延长下去。

"等着罢，敬翁！"何松斋有一次躺在鸦片烟床上，在瘾过足了以后，很有自信地说道，"这样是不会长久下去的。在一部二十四史上，你曾看过有这种事吗？打倒土豪劣绅……哼哼，笑话！社会上的秩序没有我们还能行吗？流氓地痞可以成事，这些黄口孺子可以干出大事来，国家的事情可以由他们弄好？笑话！敬翁，你等着，我们不久就会看着他们倒下去。"

李敬斋虽然充满着满腹的疑惑，但也只好等待着，等待着……逃亡到县城里已两个多月了，然而还没等到什么。在另一方面，从乡间传来的消息：农会逐渐地发展起来，而他的儿子，这个叛逆不孝的李杰，越发为一般农民所仰戴了……"等着罢，你这个小东西！你的老子总有一天叫你认得他！"李敬斋时常这样暗自切齿地骂他的儿子，但是他的儿子究竟会不会"认得他"呢，他想，这也许是一个问题。

终日和鸦片烟枪为伍，李敬斋很少有出门的时候。街道上的景象令他太讨厌了。挂皮带子的武装同志，红的和白的标语"打倒……""拥护……"他一见着就生气。为着避免这个，他想道，顶好是藏在屋里不出去。何松斋时常来看望他，顺便向他报告一些外面的消息。他有时见着何松斋进来了，强装着笑容问道：

"啊，何老先生！令侄女现在工作如何？妇女部很有发展吗？"

何松斋也就勉强装出煞有介事的样子，撇着几根疏朗的胡子，笑着答道：

"承敬翁见问，舍侄女近况甚佳。妇女部的工作甚有发展，凡吾乡妇女不服从丈夫与父母者，皆舍侄女之功也。不过舍侄女虽然对于工作甚为努力，然一与令郎相较，则愧对远矣。"

"不敢，不敢。松翁请勿过誉。"

这样说罢，两人便含着泪齐声苦笑起来了。在一阵苦笑之后，两人复又垂头叹息起来，这样的日子究竟是难过的啊！……

等待着，等待着……

从省城里传来了政变的消息。原有的县城里的军队开拔走了。县知事也更换了。开来一排新的军队……接着街上的标语便都被撕去了。换了另一种的紧张着的，然而又是苦闷着的空气……

聪明的何松斋即刻感觉到是一回什么事了。他的蹙着的眉头舒展开了。几根疏朗的胡子撇得更为翘了。在打听得了确实的消息以后，他全身的血液都为着欢欣所沸腾起来了，而后即刻跑到李敬斋的寓处，报告为他们所等待着的"佳音"。

被鸦片烟所麻木了的李敬斋，起初没有明白是一回什么事。后来他明白了这消息的意义，不禁将衔在口中的烟管一丢，一骨碌爬起身来，如蒙了巨大的皇恩也似的，说道：

"真的吗？哈哈，我们终于等着了！"

"现在我们可以请令郎休息一下了。"何松斋一面撇着仁丹式的胡子，一面射着奸险的眼光，这样得意地笑着说。李敬斋便也当仁不让，接着打趣他道：

"小儿无能，何必言及？惟令侄女对于妇女部工作甚为努力，一旦将工作抛弃，岂不要令为丈夫与父母者可惜乎？"

两人又笑起来了。可是这一次的笑是真笑，是得意的，胜利的笑了。在许多时日的苦闷的逃亡生活中，两人又开始感觉到自己的优越了。"社会上的秩序没有我们还能行吗？黄口孺子可以成事吗？打倒土豪劣绅？请你慢一点，哈哈！……"何松斋想起自己的话来，不禁更确信自己的见识的远大了。

"请好好地吸一口罢，松翁！"李敬斋说着这话时，那一种神情好像是在表示对于何松斋的感激也似的。何松斋毫不客气地便躺下了。两人相对着吞云吐雾起来。在不大明亮的，如鬼火一般的昏黄的烟灯光中，两人黄色的面孔上都荡漾着满意的微笑的波纹。"世界究竟是我们的……"在这一种确定的意识之中，两人很恬静地为黑酣乡的梦所征服了。

四十四

在晴天里忽然打下来一个震人的霹雳！正在欢欣着的，充满着希望的乡间，忽然为这霹雳所惊怔住了。妈的，这是怎么一回事？！解散农会？从县里发下来的命令，因为什么道理，不革命了吗？这是说土豪劣绅们又要伸出头来，而他们受苦的乡下人，又要重新回到原有的被压迫的地位？这是说地租还要照旧地交给地主，而他们，吴长兴，王贵才和刘二麻子等等，又要重新过着牛马的生活？这是说张进德，李杰和何月素等要退下，而让李敬斋，何松斋和胡根富等，又重新回到统治者的地位？妈的，这是怎么一回事呢？！革命完结了吗？……

在关帝庙的大殿中聚集了几十个活动分子，这其间年轻的农民占多数。左边靠墙的地方还坐着几个年轻的农妇，吴长兴的老婆就是其中的一个。近来她的丈夫不敢再干涉她的行动了。听见了这种消息，她即刻约了几个和她相熟的农妇来赴会。对于她，这农会是最重要的保护她的机关。由于它的帮助，她改变了自己的奴隶式的生活。解散农会？谁个要来解散她的唯一的农会？不，什么都可以，可是这解散农会的事情，她是不能让它实现的！

有的面孔上充满着愤怒，有的面孔上表现着忧郁。有的低着头不语，有的拍着胸叫喊着："妈的……妈的……"不要看这些赤脚汉的表情是怎样地不一致，但是他们每一个人都意识到，这是生死的关头，这是不应当实现的事实。

李杰首先向会场做了个详细的报告。他说，政局有了大的变动，阶级起了分化，资产阶级向帝国主义投降了……土豪劣绅们联合一起……最后他说，这是必然的结果，没有什么可失望的，今后只有我们自己的努力……

会场如驯服的巨兽一般躺着，静听着报告者的有时竟令他们不能明了的语句。除开报告者的声音外，一切都寂然无声，连咳嗽都听不见。不过这一种静默是很紧张的，如果把这一种静默冲破了，那便会现出隐伏着的火山的烈火来。

在李杰报告完了以后，张进德立起身来，用着很锐利的眼光向会场上巡视了一下。停了一会儿，众人便听见他的有力的沉重的声音了：

"他们要解散我们的农会。为什么要解散我们的农会呢？这就是因为农会是我们的，不是土豪劣绅的。李同志说过了，现在土豪劣绅们又昂起头来……他们昂起头来，这就是我们要倒霉的意思。我想在场的没有谁个愿意倒霉。好，现在我来向大家问一声，有谁个愿意将农会解散呢？"

会场如被沉默的石头塞住了喉咙也似的，谁个也不做一点儿声响。这样延长了两分钟的光景。忽然，坐在前排的瘌痢头立起身来了。只见他红得涨粗了脖子，用着黑而不洁的拳头，在胸前乱捶了几下，口吃地说道：

"妈的，要解散我们的农会……我问一声，为什么要解散我们的农会？妈的……我们要干！不干就不是人娘养的。妈的，我们费了许多力气……妈的……不干就是婊子养的……妈的……"

瘌痢头最后骂了一声"妈的"，用拳头向胸前捶了一下，便愤愤地坐下了。接着便有很多的人陆续发表意见，但没有一个人主张解散农会。愤怒把全会场包围住了，如果这时有哪一个敢于表示相反的意见，那恐怕他要被会场所撕碎了。本来悲愤得要哭出来了的何月素，见着会场上这种热烈的，紧张的情形，不禁也为之精神振作起来了。她从李杰的背后立起身来，就在原有的位置上开始发着不大高朗的声音：

"同志们！会场上没有一个人主张解散农会，这可见得大家都认清了农会是什么东西。不过诸位同志要知道，这解散的命令是县里发下来的，如果我们不遵从他们的命令，那他们一定会想出别的方法来压迫我们，到那时大家能不害怕吗？"

她说到此地，向会场巡视了一眼，只听见一团不可辨别的声音：

"不害怕！"

"害怕就不是人娘养的！"

"妈的，揍死他们！"

"……"

她没注意到，唯有吴长兴低着头坐着不动。他这时是在想着关于他的老婆的事情。他的老婆本来是很服从他的，可是自从有了什么鬼妇女部，有了这个黄毛丫头当部长之后，便把事情弄糟了。最近他虽然不敢压迫他的老婆了（如果他再压迫她，那她便要和他离婚呢），可是他总觉得这是不合理的事，时常地闷闷不乐。一切的罪过，他都委之于何月素，因此也就很恨她。可是这时坐在靠墙角的他的老婆，一见着何月素张口说话，便注意静听起来，不丢过一个字儿。她和着众人说道：

"不害怕啊！"

也许这几个字是最真实的罢，然而何月素没有听到她的声音，依旧往下说道：

"大家能够发誓吗？"

"能够！"

全会场一齐这样简单地回答着。眼见得这回答给了何月素以巨大的满意。再说了几句话之后，她便微笑着坐下了。这时会场开始鼓噪起来，无秩序地讨论着怎样对付敌人，怎样才能保障住农会的安稳……

四十五

是傍晚的时候了。关帝庙前忽然出现了十几个全副武装的兵士。这就是所谓的革命军，因为他们打着革命军的旗号。乡人们老是希望看一看革命军是什么样子，革命军和赵屠户的军队有什么不同的地方。乡人们很知道赵屠户的军队是怎样地对待老百姓：逼捐，拉夫，强奸，焚杀……这印象他们是永远忘记不掉的呵！在乡人们的想象中，这革命军当然要和万恶的赵屠户的军队很不同了，这就是因为革命的军队是革命的，是将赵屠户的军队驱逐走了的军队……

现在这所谓革命军在关帝庙前出现了。有一些简单的无知的乡下人，还以为这是来到他们的乡间"革命"的，革土豪劣绅的命，革田东家的命……然而这所谓革命军却违反了他们的愿望。他们的愿望是要革命军保护他们的利益，却不知道这次革命军的到来，是为着解散农会，捕捉农会的办事人。换一句话说，他们来革农会的命，革小百姓的命……

雄赳赳的十几个武装的兵士拥进关帝庙里去了。庙内哑然无声，看不出一点儿人影。大殿上的关帝静静地在阅着春秋，周仓和关平在两旁侍立着，桌椅的位置很整齐。东边墙上挂着的一块黑板上，有两个用粉笔写的白字"欢迎"。黑板旁边贴着用墨笔写的农会的布告。

但是这里的人跑到什么地方去了呢？兵士们忙乱地搜索了一会儿，但结果连鬼也没捉到一个。妈的，这真是怪事呢，他们想。为首的斜背着皮带子的驴脸的军官，急得将后脑壳挠了几挠，却想不出如何办法。"再搜索一番！"他将驴脸一沉，向兵士们又下了这一个命令。答应一声

"是！"兵士们即刻又分散到厢房里，厨房里和厕所里去搜索犯人了。但结果仍是连鬼也没捉到一个。

"妈的，这乡的地保呢？"

为首的军官有点着急起来了。但是这乡的地保跑到县城去了，现在还没有回来。

"妈的，这乡的董事呢？"

这乡的董事张举人在游街以后，不久便气愤死了；李敬斋和何松斋两人，这次请他们下乡来捕人的主动者，到现在也没敢遽行回来。

"妈的，怎么办呢？"

没有办法！

天色已经是夜晚了。兵士们都感着饥饿。好在厨房内的器具，米，菜等等都是现成的，不如暂且造饭饱吃一顿；好好地休息一夜（床铺是有的啊！），等到明天再说。明天去捉几个乡下人来问一问，或者带进城去交案去。妈的，这些不安分的乡下人……

为首的军官这样决定了。

在刚要开始吃饭的时候，他们又在厨房里发现一坛很美味的高粱酒来。这该是多么欢欣的事啊！妈的，这真是欢迎我们呢……于是大家高兴得喝了一个沉醉。醉汉们忘记了天有多高，地有多厚，忘记了一切，混乱地向厢房内的床铺躺下了。庙门没有关闭，但谁个也没注意到这个。

快要到半夜的辰光。一种呐喊声，劈劈啪啪的类似于枪炮声，惊醒了醉汉们的好梦。他们从沉重的梦中醒来，不明白是一回什么事。有的醒来时已全身被捆住了不得动弹。有的醒来时惊慌地寻找自己的武器，但是武器已被立在他们面前的陌生的人们拿去了。有的惊慌得乱窜，有的骇得魂不附体，战栗得缩成一团。他们只见得灯笼火把屋内屋外照得通通亮，无数的乡下人喊叫着，跳跃着，跑动着……也不知他们于什么时候进了庙门，来抢劫他们这些革命军的兵士们的枪械。所谓革命军的兵士们，现在是被这些乡下人活捉住了。他们是奉命来捉人的，现在反来做了俘虏。乡下人居然这样地大胆！这真是从何说起啊！

这十几个雄赳赳的兵士，现在变成可怜的，一点儿威风都没有了的犯人了。有的被绳索捆着了。有的被两个人架着不能动。推的推，架的架，一齐都被拉到大殿上来。也不知从什么地方忽然出现了这些乡下人，紧紧地如铁桶一般将他们围住。他们被命令着并排地跪在地下。为首的驴脸的军官，现在比兵士们表现得更为驯服些。

只见一个二十几岁的面孔很文雅，然而在服装上和农民差不多的少年，立在俘虏们的面前，如审判官也似的，开始说话了。

"你们是革命军吗？"

"是的，我们是革命军。"有几个很畏怯地这样回答着。

"你们这一次被派来干什么？是来捉我们的吗？"

囚犯们低着头，谁个也不敢做一点儿声响。

"你们知道革命军的职务吗？"

依旧没有回答。"妈的，揍他们一顿再说！"有一个人这样提议，众人接着便附和起来。但是少年向兴奋着的众人摆一摆手，请勿喧闹，接着他又平静地继续问道：

"革命军的职务是在于保护老百姓的利益，你们知道吗？"说至此，他的话音开始沉重起来了。"我们的农会是老百姓保护自己的机关，是土豪劣绅们的对头，你们既然是革命军，就应当和我们在一道才是，为什么反来和我们作对呢？你们一者自称革命军，二者也是穷苦出身，老百姓的事情就是你们自身的事情，为什么反来帮助土豪劣绅来压迫我们呢？"

"我们奉了长官的命令，没有法子。"为首的军官很萎弱地这样解释着说。他依旧低着头不敢前望。

"你要知道你们的长官都是土豪劣绅们的走狗，是做不出好事来的。

你们应当拿起枪来向他们瞄准，他们才是你们的敌人。也只有这样才配称为革命军呢。我看你们愚蠢无知，可以原谅你们这一次。下次可不能再来打我们了。回去好好地告诉弟兄们，劝他们也不要做出这种事来，知道了吗？"

"知道了。"囚犯们这样齐声地回答着，仿佛听了军令一般的形势。

"你们可以回去……"

"但是我们的枪呢？"忽然有一个兵士这样插着问了一句。少年笑起来了。

"你们的枪？对不起，我们要借用一用。我们要组织自卫队，正苦于没有枪械，现在只好向你们借用一下。你们要是革命的汉子，就请你们回去再带些枪来一道加入我们。同志们！放他们回去罢！"

"李先生！不能够把他们放掉啊！妈的，把他们放掉了，他们会又来捉我们呢。"

"不错，不能放，李先生！"

"干脆把他们枪毙掉！"

"……"

一部分人反对少年的释放的主张。少年见着众人的反对的情状，正在要招手说话的当儿，立在他的旁边的一位强壮的汉子举起手来，向众人发出高朗的声音，说道：

"同志们！不要闹！我们把他们枪毙了干什么呢？他们也是我们的弟兄，不过受了长官的欺骗罢了。我们应当好好地劝导他们……"

高朗的声音即刻令鼓噪着的人众安静下来了。有谁个说了一声，"把枪给我，我看一看这枪里的子弹放在哪里。"即刻引动了人众对于适才抢到手的枪械的思想，一瞬间好像把俘虏们忘记了。他们在灯光下研究那些为他们所不知道怎样使用的武器。因为争看的缘故，人众几乎要闹得打起架来，若不是所谓"李先生"的叫了一声，"请同志们注意！暂且不要乱弄！"那恐怕要弄出祸事来也说不定。

"不要动！等一会儿李先生教我们怎样放法。"

"妈的，我们现在有快枪了！"

"李先生做我们的队长，教我们放枪。"

"你愿意干自卫队吗？"

"……"

纷扰了大半夜，人众一直到天亮还未停止对于研究枪械的兴趣。没有谁个感觉到有睡的疲倦，大家都为欢欣的胜利的酒所陶醉着了。唯有张进德和李杰两人在释放了兵士们之后，说起农会的命运……两人感觉到真正的剧烈的斗争恐怕要从此开始了。怎么办呢？只有勇敢地前去！只有在残酷的斗争中才能夺得自己阶级的福利！……

四十六

"……我被推选为自卫队的队长，这是因为我在军队里混过，知道一点儿军事。他们把敌人的枪夺来了，可是不知道怎么使用。如同得到了宝贝也似的，他们欢乐得手舞足蹈不可开交。他们虽然无知识，虽然很简单，然而他们该是多么地天真、多么地热烈、多么地勇敢，这些乡下的青年！他们当然都不知道天有多高和地有多厚，只知道'干！干！干！'这一种直感的'干'当然有时会是愚蠢的行动，然而这是我们的胜利之最重要的条件。孩子们，努力地干罢！勇敢地干罢！管他妈的！……

真正的，残酷的斗争恐怕要从此开始了。张进德也感觉到这一层。我们的敌人能这样地让我们'横行'吗？缴了军队的械，这当然不是一件小事！现在我们有了枪械，现在我们有了自卫队，这当然是对于敌人的最大的威胁。现在我们的敌人意识到了我们的可怕性，意识到了我们的力量，意识到了我们所说的革命乃是真的革命，乃是推翻现存的制度……于是他们再不能忍受下去了，于是他们便揭开了假面具……我早就疑虑及此了，现在果然不差，证实了我的疑虑。

妈的，让他去！敌人的叛变不足以证明我们的失败。今后只有猛烈地，毫不妥协地斗争……

现在我是自卫队的队长了。我的责任更加巨大了。前途茫茫，不可逆料。也许不是今日，便是明日，我会领着一队乡下的孩子们与敌人相见于炮火之下……李杰！今后你应当怎样地当心才是啊！

* * *

唉！今天不幸发生了这么样的一桩惨事！缴来的枪没有把敌人打死，倒先将自己人这样平白地伤害了一个。唉！这真是令人好生悲痛！

勇敢的，最近最要学好的小抖乱，忽然被他的好友癞痢头因玩枪而误打死了。他们两个人共用着一杆枪，大概是因为在玩弄的时候忘记了枪中有子弹，一不当心便闹出了这样巨大的祸事。这真是从何说起啊！癞痢头见着自己的好友被他打死了，只哭得死去活来，在我的面前表示愿意抵命。孩子们之中有的和癞痢头不睦，便主张将他严办。可是有的说，这是误打死的，没有罪。我初次大大地为难起来了，要说严办他罢，他本是无意的；要说不办他罢，这打死人了也实非小事。最后我以队长的资格命令打他两百鞭子。我的意思是要向大家警戒一下，使此后不再发生同样不幸的事。

听说小抖乱从前和癞痢头专偷乡下人的鸡鸭……可是自从进了农会之后，他们两个便不再干这种勾当了。他变成了一个很好的青年。我很喜欢他。但是现在他离开我们而去了，离开了他的唯一的好友癞痢头，离开了他所最爱护的农会……

＊ ＊ ＊

我们的侦探从城里回来报告道，官厅正在预备派兵来剿灭我们……他们说我们造了反……

听说何松斋和我的父亲（？）正在筹办东乡的民团，已招募了许多人。官厅帮助提供他们的枪械，而他们担任款项。这目的当然是在于剿灭我们。有了官厅做他们的后盾，他们，这些土豪劣绅们，现在当然可以'努力革命'了，努力革乡下人的命……

我的父亲已知道了我充当自卫队的队长吗？他在那方面努力，我在这一方面也努力。他代表的是统治阶级，我代表的是乡村的贫民。说起来，这是怪有趣的事情。儿子和父亲两相对立着，这样很彰明地斗争起来，怕是自古以来所未有的现象罢。我曾读过俄国文学家屠格涅夫所著的《父与子》一书，据说这是世界的名著，描写父代与子代的冲突。不过我总觉得那种父子间的冲突太平常了。如果拿它来和我现在和我父亲的冲突比较一下，那该是多么没有兴趣啊！我不知道有没有一个文学家会将我和我父亲的冲突描写出来。我很希望有这样的一个文学家。

我没有父亲了。有的只是我的敌人。和敌人只是在战场上方有见面的机会。听说我的母亲还是在家里害着病……母亲！请你宽恕你的叛逆的儿子罢！如果'百善孝当先'是旧道德的崇高的理想，那么我便做着别种想法：世界上还有比'孝父母'更为重要更为伟大的事业，为着这种事业，我宁蒙受着叛逆的恶名。母亲！你没有儿子了。

＊ ＊ ＊

这时候，不是讲恋爱的时候……

毛姑！我的亲爱的毛姑！你比你的死去的姐姐更可爱。你比一切的女人都更可爱。你是我们的安琪儿，你更是我的安琪儿！……然而这时候，的确不是讲恋爱的时候！工作如火一般地紧张，我还有闲工夫顾到爱情的事吗？不，李杰，你应当坚定地把持着你自己！

不错，毛姑是可爱的。她的天真，她的美丽，她的热烈，她的一切……而且她也在爱着你，只要你一看她那向你所射着的温存的眼光！但是恋爱一定要妨害工作，这时候，的确不是讲恋爱的时候……

我的敬爱的月素！你的一颗芳心的跳动，我何尝没有感受到？但是……你应当原谅我，而且，我想，你也一定会明白这个的。聪明的你哪能不明白呢？工作要紧啊，我的敬爱的月素同志！

在工作紧张的时候只有工作，工作……

这两天的风声很不好。有的说，县里的军队快要到了……有的说，如果捉到农会的人，即时就要砍头……妈的，管他呢！我们在此期待着。我们没有别的出路。

我的自卫队做着对敌的准备。如果敌人的势力大了，那我们便退避一下；如果敌人来得不多，那我们便要给他们一个教训……

不过我担心着我们的两位女同志。危险的事情随时都有发生的可能。而女子究竟有许多地方不能和男子一样。我硬主张毛姑和月素两个人回到毛姑的家里过一些时日再看。她两个硬不愿意，说我们做什么，她们也可以和我们一样做什么。毛姑气得要哭出来了。月素当然要比她明白些。在我和张进德的强硬的主张之下，她们终于在今天下午离开关帝庙了。

啊，我的最亲爱的两位女同志啊！……"

四十七

不要看李杰的努力，不要看群众都信任他的真诚，他总是在李木匠的怀疑的眼光里，感觉到一种难以言喻的侮辱。他不明白李木匠为什么老是在怀疑着他，在他自己看来，他是寻觅不出自己可以被怀疑的根据来的。"他在侮辱我，这个浑蛋的木匠！"他这样想着，然而他没有除去这种侮辱的方法。李木匠只是向他射着怀疑的眼光，李木匠并没曾公开地宣传过他的什么不好的行为啊……

李杰深知道被社会所十分欺侮过的李木匠，是在深深地恨着他的父亲李敬斋，甚至于一切比他幸福的人们。这当然是有根据的。但是李杰并不是李敬斋，而且李杰现在正在努力反对李敬斋，反对李敬斋所属的社会，有什么可以令李木匠不信任他的地方呢？李杰想道，这真是天晓得了。李杰有时想和李木匠详细地谈一谈话，可是李木匠总是企图着避免这事。因此，李杰更觉得好生气愤。然而他也只限于好生气愤而已。

自卫队总数共三十人，分为三小队。第一队长张进德，第二队长李木匠，第三队长吴长兴。吴长兴的位置本是决定属于刘二麻子的，但刘二麻子不知为什么不被群众所信仰，因此改为不大说话的，然而做事很认真的吴长兴充任。若不是张进德镇服住了刘二麻子，那刘二麻子恐怕要同吴长兴或李木匠吵架："妈的，为什么你能充队长，我就不能呢？你老子并不差你许多……"

出乎李杰的意料，素来避免着和李杰接近的李木匠，今天早晨在天刚亮的辰光，忽然走进李杰的房间来了。这时李杰虽已起床了，可是正在扣着上身小褂子的纽扣。见着李木匠走至面前，冷冷地向他射着拷问的，不信任的眼光，李杰一时懵懂住了，不知说什么话是好。这是怎么一回事呢，他想。

"李杰！"

李杰觉着这声调是很不恭敬的，不禁也开口很直硬地问道：

"怎么回事？"

"你是队长，我很愿意知道你的意思是怎么样。现在我们的对头快要来对付我们了，我们当然不能再和他们讲客气了。何二老爷办团练，胡扒皮和他们通声气……我主张将他们的老根烧去，造他们的祖宗，来叫他们一个无家可归才好。你赞成吗？"

"这当然是可以的事情。"李杰毫不犹豫地这样说了。他这时并没想到有令他为难的事。可是李木匠的拷问的眼光忽然增加力量射到他的身上来了。

"但是李家老楼怎么办呢？不烧吗？"

李杰的脸孔即时苍白起来了。他明白了李木匠的意思。怎么办呢，啊？……如果何家北庄和胡家的房屋可以烧去，那李家老楼为什么不可以烧？如果何二老爷和胡根富是农民的对头，那他的父亲李敬斋，岂不是更为这一乡间的祸害？不烧吗？不，李家老楼也应当烧啊，决不可以算作例外。但是……躺在床上病着的母亲……一个还未满十岁的小姑娘，李杰的妹妹……这怎么办呢？啊！李敬斋是他的敌人，可以让他去。李家老楼也不是他的产业了，也可以烧去。但是这病在床上的母亲，这无辜的世事不知的小妹妹，可以让他们烧死吗？可以让他们无家可归吗？这不是太过分了吗，啊？……

李杰低下头来了。义务与感情的冲突，使得他的一颗心战栗起来了……房中一时的寂然……无情的，如锋利的刀口也似的声音又紧逼着来了：

"不烧吗？"

李杰被逼得不得不开口了，但是他的声音是这样地低微而无力：

"木匠叔叔！要烧，李家老楼当然也不能算作例外。不过……木匠叔叔！我的母亲病着躺在床上，还有一个不知世事的小妹妹……"

"不烧吗？"

李杰仍旧低着头，宛如驯服的待刑的罪犯一般。他没有勇气再往下说下去了。他觉得他此刻可以跪下来请求李木匠不再逼问他，啊，这是怎样残酷的逼问啊！……

"那么，怎么办呢，队长？"

残酷的，尖冷的，侮辱的声调终于逼得李杰气愤起来了。

"你愿意怎么办就怎么办，好吗！？"

"听队长的命令……"

李木匠说了这么一句，便回转身走出房门去了。李杰呆呆地望着他的背影，停了一会儿，忽然明白了：李木匠决意烧去李家老楼……病在床上的母亲或许会被烧死……痛哭着的惊叫着的小妹妹……这怎么办呢，啊？……李杰在绝望的悲痛的心情之下，两手紧紧地将头抱住，直挺挺地向床上倒下了。他已失去了一半知觉……

也不知在什么时候，他被惊慌着的张进德的声音所震醒了。

"刚才有人向我报告，说李木匠带领了一队人去烧李家老楼去了……说是你的命令……这是真的吗？"

李杰坐在床沿上，低着头不做一点儿声响。张进德见着他这种神情，不禁更加怀疑而惊慌地问道：

"是怎么一回事？"

李杰抬起头来，睁着充满苦痛的眼睛，向立在面前的张进德望了一会，半晌方才低微地说道：

"也可以说是我发的命令……唉，进德同志！如果你知道……"

张进德未等他说完，即打断他的话头说道：

"你不是发了疯吗？你的父亲当然是我们的对头，可是你的病了的母亲，不知世事的小妹妹……这，这怎么行呢？赶快差人叫他们回来才是！"

张进德说了这话，回头就走，可是被李杰一把将他的袖子拉住了。李杰将他拉到床沿和自己并排坐下，依旧很低微地说：

"进德同志！你以为我是发了疯吗？我一点也没发疯。人总是人，我怎么能忍心将我的病了的母亲，无辜的小妹妹……可是，进德同志！我不得不依从木匠叔叔的主张……"

"他主张什么呢？"张进德很性急地问。

"他主张将土豪劣绅们的房屋都烧掉，破坏他们的窝巢，这是对的。何家北庄，胡家圩子……应当烧去……但是李家老楼烧不烧呢，木匠叔叔问我。你知道，木匠叔叔素来不相信我，如果我不准他烧李家老楼，那不是更要令他不相信我了吗？而且那时候恐怕这一乡间的农民都要不相信我了。别人的房子可以烧，可是你自己的房子就不能烧，哼！……他们一定要不满意我。如果他们不满意我，那我还干什么革命呢？这一次对于我是最重大的考验，我不能因为情感的缘故，就……唉！进德同志！人究竟是感情的动物，你知道我这时是怎样地难过啊。我爱我的天真活泼的小妹妹……"

"现在去止住他们还来得及啊。"

"不，进德同志！"李杰很坚决地摇头说道，"让他们烧去罢！我是很痛苦的，我究竟是一个人……但是我可以忍受……只要于我们的事业有益，一切的痛苦我都可以忍受……"

张进德的手仍被李杰的手紧紧地握着。李杰低下头来，张进德也为之默然。

这时自卫队的队员们在院中已开始唱起为李杰所教授的革命歌来了：

> 起来，饥寒交迫的奴隶！
> 起来，全世界受苦的人！
> 满腔热血已经沸腾，
> 要为真理而斗争……

四十八

自从李家老楼和何家北庄被焚了以后，县内的风声陡然紧急起来了，农会得到确实的消息：新编的民团会同军队即日下乡剿灭农匪……经过长时间的讨论，自卫队决定退到离关帝庙约有十余里之遥的一带深山里，以静观敌人下乡后的动静。有些勇敢的青年们不满意退避的主张，以为这是示弱的行为，可是一来因为人数不足，二因为枪械缺乏，若不退那岂不是要送死吗？……

荷姐依旧是先前的荷姐，执行着艰苦的工作，度着贫寒的生活。荷姐又不是先前的荷姐了，她已经和她的丈夫对等起来，不再受吴长兴的牛马式的虐待了。也许吴长兴很不满意这样，但是她有妇女部做后盾呵，而且她决定了，如果吴长兴再施行虐待，那她便不再给他做老婆了。"世界上的男人多着呢，谁稀罕你这黑鬼？"她时常这样威吓她的丈夫，而且她想，一个女人没有丈夫，不见得便不能生活……

正弯着腰在菜园内锄地，一面又幻想着这幻想着那的当儿，荷姐忽然为着走近她面前的脚步声所惊动了。她抬起头来，见是自己的面孔沉郁着的丈夫，便开口很不恭敬地说道：

"不在农会里操练，现在回来干什么？"

破草帽下面的吴长兴的面孔，死板板地一点儿表情都没有，他只将乌紫的厚嘴唇动了一动：

"回来干什么？农团快要派兵来打我们了。我回来收拾一点东西，上山去……"

"就快来了吗？"荷姐一下将锄头放在肩上扛着，仿佛预备去对敌的样子。她的两只纯厚的眼睛这时惊异得变成为圆形了。接着吴长兴一句一句地，慢慢地告诉了她详细的情形，他说，敌人的势大，而自卫队又没有充足的家伙；他说，他跟着自卫队上山去，而她，荷姐，留在家里看家……

"我也跟你们去？"荷姐说。

吴长兴将眼睛一睐，预备骂他的老婆，然而他即时明白了，发火是没有用处的，只得平一平气说道：

"你跟我们去干什么呢？你是一个女人，又不能打仗……"

"呸！我不能打仗？"荷姐将锄头往地下一竖，吐着轻蔑的口气，说道："我比你还打得凶些。只要我手中也有枪。你看一看我就是！"

"可是我们没有多余的枪呵。"吴长兴的气更低下去了。他这时宛如被他的老婆的强硬的态度所压服住了。

"没有枪也不要紧，石头扁担都可以。我一定跟你们去。把我丢在家里干什么？"

"那家里的东西怎么办呢？"吴长兴的声音更为低小了。荷姐听见这话，如神经病发作了也似的，两手握了锄柄，哈哈地狂笑起来。

"你家里有什么金银财物？你家里有什么贵重的东西值得小偷来照顾？"

荷姐往胸部捶了几拳，停住不笑了。她两眼瞪着被她的狂笑所弄得呆了的丈夫，继续正经地说道：

"我们只要把破烂的衣服捆一捆带在身边，再也没有可以舍不得的东西了。走，我们到屋里去收拾东西罢。还有一小罐子锅巴我们可以带着做干粮……"

荷姐荷着锄头在前面直挺挺地走着，吴长兴很服顺地跟着她，慢慢地进入为他们所要抛弃的低小的茅屋，在这里他们结婚，在这里他们共同度过长时间的凄苦的贫寒的生活……

＊　＊　＊

害着伤寒病症，躺在床上不能走动的王贵才，眼看着他的小妹妹毛姑和着何月素即刻就要离他而去了，去跟着自卫队一道退避到那深山里，因为打柴他也曾到过那里几次……怎么办呢，啊？他病了，他不能跟着他们一道去，这该是使他多么难过的事！唉，这讨厌的病！这逼得他不能充当自卫队队员的病！为什么他要害了这种万恶的病呢？王贵才最后恨得伏着枕哭泣起来了。

素来很严厉的王荣发近来不知为什么待自己的儿女有点宽大起来了。先前他很气愤儿女的行动，百般企图着打断他们和农会的关系，可是自从张举人游街以后，他却静默起来了。虽然不公开地表示同意，可是对于儿女的行动却不再加干涉了。有时老太婆为着儿女的行动生气，老人家反安慰着她说道，让他们去，现在是他们年轻人的世界了……听着紧急的风声，老人家见着王贵才病在床上躺着，十分地代为焦急起来：他不能跟自卫队上山去怎么办呢？农团将他捉住了，大概是不会活的……虽然"他病了，或者不至于"这种解释安慰着他老人家，可是老人家总不能放下心去。

听着女儿要跟着自卫队上山去，王荣发始而不以为然，可是后来想到女儿不离开的危险，便也就不加阻拦了。可怜的老太婆见着亲爱的女儿要离开她，要离开安稳的家庭，而要去跟着什么自卫队一些男人们一道，跑到那什么无吃无住的深山里去，也不知一去有没有回来的时候，整整地哭了一个整夜。

"妈！不要紧的。女人也不止我一个，还有何先生，吴长兴的老婆大概也是要去的……我们不久就可以回来，妈！……"

毛姑的劝慰总减低不了老太婆的焦虑。她拼命地不让自己的女儿去冒险，她说，任死也死在一道，可是老人家反对，而毛姑又执意着要去，终于使得她只有无力的哭泣而已。

最后，毛姑走向病榻跟前，向自己病了的哥哥辞别。看见哥哥的热度极高的通红的面孔，以及他那泪丝丝的，饱含着无限的悲哀的眼睛，毛姑忍不住掩着袖子哭泣起来了。王贵才很费力地伸出热得烫人的手来，将毛姑的左手紧紧地握着，几番地欲言又止，后来将手松开，脸转向床里面去了。他仅仅用着万分苦痛的声音说出一句话来：

"妹妹，你去罢！……"

立在毛姑背后的何月素，亲睹此凄惨的情状，也不禁落下几滴泪来。然而她意识到时候已不早了，该动身走了才是，于是便忍着心向毛姑催促着说：

"毛姑娘！我们要走得了，再迟恐怕赶不上他们了。"

出乎何月素的意料，毛姑即时拭一拭哭红了的眼睛，回过脸来毫不留恋地说道：

"好，我们走罢！"

在老太婆哭泣的声中，在老人家呆着的怅怅的眼光中，毛姑和何月素各人手提着一个小小的包袱，向着关帝庙的那方向走去了。

* * *

当李木匠走进门的时候，他的老婆正在很专注地缝补着他的破了的白布裤子。李木匠本是不大爱穿有了补丁的衣服的，可是近来因为穷困，无钱买布的缘故，便也就不得不把爱漂亮的脾气遏止一下，经常穿他的老婆所补的破衣服了。他的老婆和先前一样，很安于自己的穷苦的命运，不过先前她吃惯了她丈夫的拳头，现在却渐渐把这事忘记了。如果农会的妇女部将很多的妇女都鼓吹得觉悟起来了，则她，李木匠的老婆，还是照着先前一样地生活着，思想着，从没有过超过她现在的范围以外的希求。李木匠一方面恨自己老婆愚蠢，可是见着别人的老婆不服从丈夫，也就很庆幸自己的命运了。

她看见自己的丈夫回来了，停下手中的工作，也不起身，只将呆笨无光彩的两只眼睛望着他，宛如忘记了说话一般模样。

"我的裤子补好了吗？"李木匠问。他的老婆摇一摇头，表示还没补好。

"那怎么办呢？"李木匠的眉头皱起来了。"我即刻就要拿去才行。我们自卫队今天就要进山里去……你快补完好吗？"

听了这话，他的老婆如梦醒了也似的，即刻低下头慌忙地动起针线来。李木匠立在她的面前，往下看着她的手内针线的移动，心内禁不住想起来了她的愚蠢然而很驯服的性格，她的惯于过着穷苦的生活，以及他往日待她如何地不好……这样的老婆好呢还是不好呢，他想。胡根富的二媳妇的风骚的模样在他的脑际里涌现出来了……接着他便想到那一晚被打的情形，不禁有点脸红起来了，同时，他生了对于他的忠实的老婆羞愧的心情。还是这样的老婆好呵，他想。

约莫经过十分钟的光景，他的老婆将裤子补好了。他将裤子拿到手里翻看了一下，然后顺手叠将起来，放在他身旁的桌子上。他的老婆仍愚笨地望着他的动作，不说话。

"你把我所要穿的衣服都收拾好，"李木匠转过脸来向她说道，"我要带上山去。这一去不知什么时候才能回来……"

她忽然脸孔苍白起来了，惊慌地张开厚唇的大嘴问道：

"你要到哪里去呵？把我一个人丢掉吗？"

一种失望的要哭的声音，使得李木匠重重地看了她几眼，动了怜悯的心情。他想将她拥抱起来，好好地安慰她几句，可是他从来没有这样做的习惯，终于止住。

"把我一个人丢在家里，我怎么过日子呢？……"

她终于呜咽着哭泣起来了。这时李木匠才拉起她的手来，如大人安慰小孩子也似的口气说道：

"听我说，不要哭。我不久就要回来。家中还有点米……地里的豆子你别忘记锄……一个人好好地过日子，我不久就要回来……等我们自卫队打了胜仗的时候，我们的穷日子就会好起来。不要哭，给我收拾东西罢……"

四十九

五十余人的队伍如长蛇一般地走上往三仙山的路途了。张进德领着第一队在前引路，李杰压在第一队的队角。在他的后面行走着三个女人，女人们的后面是十几个挑着米粮杂物的，再后面是第二队，第三队。队伍当然是很花色的，有的荷着快枪，有的握着长刀，有的武器只是直挺的木棍……

他们具着同一的命运，跳动着同一的心，开始向着同一的方向走去。在那不可知的前途上，他们期待着的是些什么呢？他们之中谁个也不能说定。但是他们一致地感觉到了，今后他们将走上新的斗争的路，这斗争的结果不是胜利便是死灭，不是他们重新回到关帝庙，便是李敬斋重新把定住统治者的势力。

炎热的太阳发着淫威，秧稞中的热风更闭塞住人们的呼吸。汗珠子在每一个人的脸上身上流着，如淋着雨也似的，就是不断地用袖口或手巾揩拭，也不能稍微止住。有的戴着草帽，有的撑着伞，可是有的只是光着头，一点什么遮盖都没有。李杰看见走在他的前面的癞痢头的头上，那无毛的疤痕被日光晒得发红而要迸出油来的模样，不禁发出一种怜悯的声音：

"喂！黄同志！（别人都称呼他为癞痢头，而李杰独称呼他为黄同志。）太阳晒得很痛罢，来，来和我共一把伞，这伞很大。"

可是荷着一支快枪，正走得有劲的瘌痢头，回过满流着汗水的红脸来，很感激地微笑道：

"不用，李先生！我是这样晒惯了的。"

"你为什么老是称呼我李先生？"李杰用手巾揩一揩脸上的汗水，一面很亲密地向瘌痢头说道，"我不是几次叫你称呼我为李同志吗？我们都是同志，没有谁个是先生呵。三仙山你到过吗？"

"我去过几次呢，李先生。"

"你看，你又称呼我李先生了！"李杰略微表现出一点气愤的神气。瘌痢头有点难为情起来，笑着说道：

"妈的，我这样称呼惯了，总是记不得……"他停了一会，将眉头皱了一下，向李杰问道："我们这一去，什么时候回来呢？"

"那可说不定。"李杰说。

"妈的，我们的家伙不够，讨厌！不然的话……"

前面有人唱起山歌来，那嘹亮的喉咙打断了李杰对瘌痢头说话的注意。接着有很多的声音同时附和起来。"这一次虽然是回避，也可以说是逃跑，但是孩子们的心气并不颓丧呢……"李杰一面这样想着，一面听着在他觉得是很悦耳的歌声。

在李杰后面行走着的三个女人，她们的头上都戴着阔边的草帽，手里都提着小小的包袱，如果从远处看，一定认识不出她们是女人来。她们比男人们好说话些，一面走着一面不断地说着话。她们自成为一个小小的世界，仿佛男人们的山歌声，引起不了她们听的兴趣。何月素现在完全变成农家女子的装束了，照着她的外表看，谁个也认识不出她是何家北庄的何小姐，何二老爷的侄女儿……"我现在和你们一样了，你们看，可不是吗？"她常常向毛姑们这样很自得地说着，她们也就渐渐忘记了她是生自另一个阶级了。可是在女人们的口中不大容易冒出"同志"

两个字来。她们虽然和何月素是很亲密的，可是说起话时，还总是脱不了一个老的称呼"何小姐"。

"何小姐！你知道这三仙山为什么要叫作三仙山吗？"

李杰正在幻想着，忽然为毛姑的娇脆的声音所打动了，不由得回过脸来望她们，就在这个当儿，毛姑向他笑着很妩媚地说道：

"李先生！不要听我们的瞎三话四！我们女人有女人的话，你不懂得。"

"也许能懂得一点呢。"李杰也笑着说道，"现在讲的是男女平等，为什么你不准我听你们的话呢？"

毛姑有点难为情起来，回过脸不再搭理李杰，继续向何月素问道：

"你知道吗？"

李杰见着何月素摇一摇头，说声不知道，可是她的目光却向他的身上射着，这使得李杰不自主地将脸红了一下便回过头来了。

"你知道吗，毛姑娘？"李杰听着这是吴长兴的老婆的声音。"真的，我活了这么大，还不知道这三仙山的来源呢。"

"这是我妈说给我听的。从前在什么时候，有姊妹三个，大的叫云霄，第二个叫琼霄，第三个叫碧霄，她们在山上修仙学道，后来都成了神仙。成了神仙以后，她们姊妹三个都上天上去了。后世的人知道她们三个在这山上修过仙，便给这山起个名字，叫作三仙山。山上有个三仙庙，那里供着的便是她们姊妹三个的神像。听说她们很显灵，烧香的人很多呢。"

"你妈去烧过香吗？"荷姐又问。

"她是去过的。听说山路很难走。"

"也不知还有多远。我已经走累了呢。"何月素很疲倦地说。

"你看，那前面不是吗？大约不大远了。"

毛姑停了一会儿，又继续说道：

"我妈说，她们姊妹三个都有宝贝……"

"她们有什么宝贝呢？"荷姐急促地问。

"云霄的宝贝叫什么名字，我记不得了。琼霄的宝贝叫'金蛟剪'，碧霄的宝贝叫'混元金斗'，听说这'混元金斗'厉害极了，任什么道行高的神仙都怕它。"

"怎么个厉害法呢？"何月素也这样感着兴趣地问起来了。

"这'混元金斗'是我们女子的（毛姑的声音放低了）马桶炼成的，最厉害不过。只要把它一放出去，哪怕有多少万的人马也可以装得下。有道行的一被装进去，便什么道行都没有了，所以所有的神仙都怕这个东西……"

不等毛姑将话说完，荷姐又急迫地问道：

"那'金蛟剪'呢？"

"那'金蛟剪'听说也很厉害。那是由裁衣服的剪子炼成的。只要将这宝贝一放出去，那空中便有两条霞光万道的活龙交叉着，任你有千军万马，一霎时就可以剪得一个不留。听说有一次姜子牙得罪了琼霄，琼霄生了气，便放出'金蛟剪'来剪他，若不是他的师傅救了他，他几乎要送了命呢。"

"我们要是有这两桩宝贝就好了。"荷姐很惋惜地说。

"有什么用？"毛姑笑着问。

"有什么用？！"荷姐很郑重地说道，"如果有了这样的好宝贝，那我们今天还上山去干什么呢？随便他们派多少兵来，我们还怕他们吗？我们一下子就可以把他们打尽了。只要有这样的好宝贝，那我们……"

何月素扑哧一声笑起来了。

"你们说得怪当真的，世界上哪有这样的好宝贝？这不过是一般人传说罢了。什么修仙得道，什么天花乱坠的宝贝，那都是假的，世界上哪有这么一回事呢？你们千万不可以相信这些事情！"

178

三人都沉默下来了……

李杰一面虽然觉得荷姐的幻想好笑，可是一面也禁不住想道，如果世界上真有这样的好宝贝，那他将宝贝得到手里，便可以很快地将这种不公道的世界改造好了……

一行人已经快要到三仙山的山麓了。在晴朗的天气之下，三仙山上面的树木，以及一切起伏和凹凸的地方，都很清晰地可以看见。李杰的一颗本来很平静着的心，忽然很剧烈地跳动起来了。他感到一种不可知的命运在等待着他和他的同志们。从这里也不知什么时候才能回到关帝庙呵……他想。但是另一种勇敢的声音向他说道：

"你在疑虑着什么！不是胜利便是死灭！勇敢地向前奋斗罢，李杰！"

这时他听见队伍中的杂乱的声音：

"你的老婆留在家里，你放心吗？"

"稻穗子已低头了。今年也不知道要不要再交租……"

"我们在山上好打他们些。妈的，他们来多少，我们便打多少，一个一个地将他们送回老家去！"

"我有什么舍不得？"

"走呵，你回看什么呢？家里还有什么东西舍不得吗？"

五十

本来很寂静的三仙庙的大殿，现在变为一张巨大的床铺了。吃过晚饭以后，众人都很疲倦地在大殿上躺下，有的垫着木板，有的垫着随身带来的竹席，有的垫着布毯……他们直着，横着，无秩序地交叉着，一致地发出如雷鸣也似的鼾声来。三个女人将两个老道士的卧室占住了，两个老道士骇得不敢作声，只乖乖地躲在厨房里。这些人们突然的到来，对于他们恐怕要算是凶神的下降了。他们简直不明白发生了一回什么事……

李杰因为上山的时候不小心，膝头跌破了一块皮，也就和着众人一道儿睡下去了。张进德无论如何没有即睡的兴趣。今夜的他的脑海，异乎寻常地起伏着不定的波浪，一会儿想到这，一会儿想到那。"老道士还在厨房里吗？……"由着这种思想，他便握着枪摸到黑暗不明的厨房里去了。厨房内寂无人声，这使得张进德一瞬间想道，老道士大概是偷跑了。他身边衣袋内有一盒火柴，即刻掏出来一根擦着了照一照，这时他见着两个老道士躲在灶台背后，正坐着在打盹呢。

"老道士！"张进德将灶台上的灯燃着了以后，走至他们两个跟前，用手将他们的肩头推了一推。从睡梦中醒来的两个老道士，见着张进德手中握着枪的模样，只当是逼命的来了，便一齐扑通地跪下来，发出很惊慌失措的声音，哀求着饶命。

"大……王……爷！饶……饶命！"

"我又不是强盗，你为什么称呼我大王爷？起来，我好好向你们说话！"

两个老道士依旧全身战栗着，跪在地下不敢起来。张进德见着他们这般模样，觉得又是可怜，又是可笑。

"我们都是农会的人，"张进德很和善地向他们两个解释着说道，"我们是自卫队，你们听说过吗？"

"是……是……大王爷饶命……"

"我告诉你们，我们不是强盗。我们暂且借你们的庙住一些时日就走，你们千万不要害怕，我们是不会害你们的。可是不准你们私自下山，如果你们私自下山，被捉住了便没有性命。晓得了吗？"

"晓得……了！……"两个老道士叩了一个头，这样连忙答应着说。

"不敢……大王爷饶命！……"

走出了厨房之后，张进德复走至大殿上巡视了一下，便走出庙门外来了。三仙庙位于半山腰间，它的前面是一个小小的空场，空场的前面再下去一点，便是黑黝黝的松林了。在昏黄不明的月光下，张进德看不清晰那山脚下的景物。时在炎热的夏季，夜晚的山风，吹到人的身上，虽然也觉得有点凉意，但是疲倦了的心神却被吹得轻松而清快起来了。从什么地方传来几声阴森可怕的山鸟的或是野兽的叫鸣，但是张进德的胆量很大，这时并不觉得有一点儿可怕。他也曾过过山居的生活，但是独自一个人在昏黄的月光之下的半山之中，这样凄清地徘徊着，恐怕今晚要算第一次呢。

想起农会的前途……想起矿山上的生活……现在他是和同志们退避到这三仙山里来了。难道就没有再回到关帝庙的希望了吗？难道他和同志们所开始的斗争，就这样得不到结果吗？听说全中国又重新整个地进入到□□的时期了……这就是说资本家和地主们要继续压迫下去！难道我们就没有出头的日子吗？不，这是不会的！……矿山上的工友们现在怎么样了？待遇还是那样的不好？工头还是那样的凶恶？那里的组织又该怎样了？还是和从前一样地受压迫吗？……听说隔县里已经聚了一千多农民，他们正式地和官兵对抗起来，也不知现在的情形是怎样了……若这里弄得不好，或者加入他们的一道去……

无数的思想的波浪在他的脑海里沸腾着。地下的他的影子跟着他在空场上走来走去，有时月光被云块所遮蔽了，那他便失去了跟着自己走动的侣伴。不知为什么，一阵略微大一点的风送来了何月素的影子，于是他的心动了一动，接着便想起她的为人，她的声音笑貌……"真是一个难得的姑娘！"他不由自主地从口中说了这么一句。"但是她在爱着李杰呵！你有什么资格可以爱她呢？你在发痴！"转瞬间这种思想又把他的微笑着的心情变成忧郁的了。忽然他吐了一口涎沫，狠狠地向自己骂道：

"呸！现在是什么时候，你还想到这些不相干的事情！浑蛋！"

身背后的脚步声，打断了张进德的一切的思想，即刻使他谨戒起来。

"进德哥！你还不睡干什么？"

听见这是李木匠的声音，张进德这才放下心了。他不直答李木匠的话，即时反问着道：

"你不睡觉走出来干什么？"

"妈的，不知为什么总是睡不着。"

"为什么这样？"

"进德哥！你不知道……在我未当队长以前，我觉着我自己还没有……现在我觉得我肩头上的担子重起来了，到处都留起心来。今晚老是睡不着，生怕会有什么岔子出来，所以我走出来看看……"

月亮突然冲破了云围，放出很明亮的光来。张进德很清晰地看出李木匠的脸上的很慎重的表情，不禁暗自想道，这是一个好汉子呵！……他慢慢地将李木匠的手拉起来，张进德很友爱地说道：

"老弟！现在是睡的时候了。我们应当休息一下，明天，说不定，也许要和敌人开火呢。"

月亮微笑着将两个人送进了庙门……

五十一

毛姑离开了以后，躺在床上的王贵才身上的热度突然增高了。在半云半雾里，如沉沉地吃醉了酒也似的，他失去了大半的知觉。父亲是怎样地呈现着焦虑的面孔，母亲是怎样地掩面哭泣，他完全没有注意到这些身边的景象。他觉得他飘浮在一种什么渺茫的，迷蒙的海水里，被一种什么醉了的热的空气所熔解了也似的。他忘记了一切。

第二天早晨他似乎略微清醒了一点。见着两位老人的愁苦的情状，他明白了他是在病着，而且这病症似乎是很沉重的……他不禁伏着枕头哽咽地哭泣起来了。他想起来了妹妹，想起来了离他而去的自卫队……深恨自己害了这冤枉的病，只得无力地躺在病床上，不能和同志们在一起奋斗，这倒是怎样地倒霉呵，所以他忍不住自己的眼泪。两位愁苦着的老人家见着自己的儿子这般的情状，便强装笑容来安慰他，可是他们不明白他的悲哀的原因，所以他们的安慰也就收不到相当的效果。

"毛姑呢，妈？"他明知道毛姑已经跟着自卫队上山去了，可是现在不知被一种什么突然的思想所推动，不自主地问了这么一句。

"毛姑跟人家去了，等一两天就回来。她临去的时候叫你在家好好地安心养病呢。"

老太婆口中由苦痛而勉力说出来的谎言，无疑是增加了他的病症的劣药，于是他又昏沉起来了……

不知经过多少时候，一种凶恶的叫骂的声音，将他的昏沉了的神志又惊醒了。他睁开眼睛来一看，见着满房间立满了武装的人们，而立在他的床前的一个尤为凶恶。只见他左手握着一支快枪，右手拿着一条皮鞭，像是即刻便要开始鞭打的模样。贵才在他的左眉毛上面的一块疤痕上，在他的一张大嘴上，认识出来这是胡根富的二儿子，这是胡小扒皮……在短促的惊异的时间之后，贵才明白了这是一回什么事。他又将烧红了的眼睛合上了，静等着他的敌人对于他的虐待。一瞬间他本想爬起身来，狠狠地给胡小扒皮一个耳光，可是他病了，他没有力，病了的身躯使他不能做有力的反抗。于是他决意以沉默的态度来对付他的敌人，"看你怎么样对付我呵！"他想。

"妈的，你装死吗？你这小王八羔子也有了今日！我看你现在还敢凶吗？"

王贵才依旧沉默着，动也不一动。这使得胡小扒皮更加发起火来了，便狠狠地用枪柄向王贵才的大腿上捣了一下，隔壁的老太婆的悲惨的哭声传到他的耳鼓里来了，于是他再也忍不住了，将眼睛睁开来骂道：

"胡小扒皮！我病了，没有力气和你说闲话。你要将你老子打死，就请你快些动手，不要这样折磨人！"

红涨着的眼睛恨不得将立在面前的胡小扒皮吃掉！但是他病了，他没有力……"横竖不过是一条命罢，"他想。只见两眼射着凶光的胡小扒皮将手一招，发下命令道：

"把他拖出去！"

如野兽爪子一般的许多只手将无力的病了的身躯拖下床来，接着便残酷地拖出门去，拖到日光热蒸着的稻场上……两位老人家上前拼命地强夺自己的儿子，可是被野兽一般的人们推倒在地下，疼痛得抱着破伤了的膝头，一时爬不起身来。就在这个时候，他们两个听见了啪的一声枪响，接着第二声，第三声……

两位老人家同时晕了过去……

众人围绕着血溅了满地的，伏着的王贵才的尸身，继续着残酷的，胜利的叫骂：

"这小子现在可不会再逞能了！"

"请他到阎王面前去革命罢！"

"妈的，这小子活像一只死了的乌龟。"

"你别说！这小子倒很聪明的，可惜不学好，闹什么鬼革命……"

武装的人们，由胡小扒皮领着头，又开始到别的村庄上捉人去了，稻场上的空气重新寂静下来。也不知在什么时候，天空中的太阳被一块黑云所遮蔽住了，使得大地呈现出阴沉的暗色。惊走了的稻场旁边的两株大树上的乌鸦，重新回至自己的窝巢来，开始做着哇哇的哀叫……

五十二

三仙山位于群小山的拥抱之中，周围冈峦起伏，风景绝佳，被人称为名胜。曾在什么时候，李杰为着三仙山的美名所诱惑，也曾想过来游览一番，饱一饱眼福。现在他是到了三仙山了。这三仙山的优美的景物，他有了尽情欣赏的机会。

但是李杰已不是先前的李杰了。先前的李杰企慕着三仙山，而卒未达到游览的目的，现在的李杰到了三仙山，可是他此番已不是什么名胜的游客，而是避险的战士了。这三仙山对于他只有军事上的意义，此外什么茂林修竹，什么清泉峭石，已博不了他的注意。

在晴朗的天空之下，立在三仙山的半腰，已经可以很清晰地看见那前面数里以内的景物。那小河的蜿蜒，那村庄的散布，那田野的碧浪……一一呈在眼前，历历如画。李杰同着张进德和小和尚三人同立在一块躺着的巨大的青石上，向前察看这三仙山左右的形势，在什么地方可以埋伏，在什么地方可以预备着第二条下山的出路……那山脚下的优美的景物虽然也在李杰的目光之下，然而它们却引起不他的兴趣了。他这时所想到的只是怎样防御敌人，怎样向前进攻，怎样向后退守，伟大的责任心将他的一切闲情逸兴都消灭了。

一直到现在还继续穿着和尚衣服的小和尚（其实他现在已是自卫队的队员，而不是关帝庙的小和尚了。）立在李杰的右面，好像他的小小的卫士也似的，这时他看见那远处一个什么地方，用手指着说道：

"李先生！你看，那不是我们的关帝庙吗？"

李杰摇一摇头，微笑着说道：

"你弄错了。关帝庙不是在那方向呢。"

"小和尚大概是有点舍不得离开关帝庙罢？老是这里也是他的关帝庙，那里也是他的关帝庙……"张进德笑着打趣小和尚，小和尚气鼓鼓地反驳道：

"我有什么舍不得关帝庙？关帝庙是我的金銮殿不成？"

"不过我倒舍不得一个人，"小和尚沉吟了一会儿，很凄楚地说道，"怪可怜的……"

"你舍不得哪一个？"李杰问。

"我舍不得王贵才……他待我很好……"

小和尚将头低下了。李杰呆瞪着他那圆滚滚的和尚头，如发了痴也似的，半晌说不出话来。可是他的一颗心很自责地跳动起来了。小和尚还记念着王贵才，而他，李杰，王贵才的好朋友，反来忘记了，这岂不是浑蛋吗？……但是他转而想道，这也不能怪他，他的事务很忙呵！……但是王贵才的病状怎样了呢？也许……也许他在床上不能行走，被来剿匪的军队捉去……

就好像有了确实的预感也似的，李杰忽然变了面色。张进德觉察到了这个，急忙地问道：

"你，你是怎么一回事呀？"

"没有什么，"李杰将心神镇定了一下，摇一摇头轻轻地说道，"我想起病在床上的王贵才……"

李杰将话刚说到这里，小和尚忽然很惊诧地指着向他们这儿走来的一条上山的路上叫道：

"你们看！那是谁个这样慌慌张张地跑上山来？好像有点认识……"

李杰和张进德顺着小和尚手指的方向望去，果真有一个人慌张地向着他们走来。等那人走近了一点，小和尚带一点欢欣地首先叫道：

"啊哈！这是王荣发老伯，你们看可不是吗？"

踉跄的老人家走至他们三人面前，已经是面色惨白，满身流汗，没有再说话的力气了。只见他一跤扑倒在地下，喘着似乎要断了的气，半晌没有动弹。他手中握着的是一条木棍，素来不离口的旱烟管，这时也不知道丢到什么地方去了。李杰见着老人家的这般情状，知道一定发生了什么巨大的祸事，一颗心更加不安起来。他一时不知如何措置，等到张进德和小和尚将老人家扶起来坐着以后，他才惊颤地开口问道：

"是怎么一回事，荣发老伯？"

老人家望着李杰，那泪水如浪潮一般，从他那干枯了的眼睛流下来了……李杰觉得自己也好像流了泪也似的，用袖子揩一揩眼睛。停了一会，老人家开始哽咽着说道：

"我的儿子……他们……把我的儿子打死了……他们将他从床上拖下来，活活地枪毙了……"

李杰觉得自己也立不住脚来，快要倒在地下了。他的幼年的好朋友，现在的勇敢的同志，居然很残酷地死在敌人的枪下了，居然首先被牺牲了……老人家继续哭诉着当时王贵才遇难的情形。他最后说，他的老婆也因为伤心太甚而死去了。他现在只剩了一个人。他爱他的唯一的儿子。他的儿子既然惨死了，他再也没有别的希望。他决定跑上山来加入自卫队，也许因为年老了不中用，可是他能烧锅，他能打柴，或者做一点什么小事……

一种巨大的愤恨将李杰的精神振作起来了。他走上前将老人家扶起，面对面地，好像发誓一般地，坚决地说道：

"老伯！不要再伤心了！你来加入我们的队伍很好。事情总是有你做的。我们要替贵才弟报仇！可是报仇的事情并不是一哭就可以了事的。"

"他们快要来了呵！"老人家揩一揩脸上的眼泪，这样报告着说。小和尚卷一卷袖子，如就要对敌也似的，气愤愤地说道：

"妈的，叫他们来就是！打死他们这些兔崽子！"

"老伯！"李杰最后说道，"天不早了，你还没吃饭罢，我们到庙里去吃中饭去。毛姑娘很好。如果她看见你来了，一定很奇怪呢。"

五十三

整个的三仙山为夜的黑暗所吞食了。天空中满布着深厚的阴云，间或从某处未合拢的云孔里，露出来一粒两粒的微星。从天的西北角上传来轰隆隆的雷声，也就在那里闪耀着迅速的金光。气候燥热得很。大的暴风雨就快要到来了。

在进三仙山的路口旁边，新造了一个小小的草棚，这就是自卫队守山的岗位。黑夜隐藏了它的形象，如果不是里边有一星星的灯火，令得守岗的五个人还能相互地望着面目，那恐怕会令守岗的人们自己也觉得是不存在的了。

同伴们在铺着荒草的地下对坐着，寂寞侵袭了他们的心，如果没有谈话来活动一下草棚内的空气，那他们真要会感觉到不可忍耐的压迫，说不定要逃出这个岗位也未可知。他们的年纪都不过三十岁，那一个坐在草棚门口的瘌痢头，看去也不过二十岁的光景。坐在他的右首的一个黑黑的面孔生得很结实的汉子，用手向他的肩头拍了一下，笑着说道：

"瘌痢头！我真没料到你现在变得这样好了。李先生和张进德都很喜欢你呢。"

瘌痢头睁着圆而大的眼睛望着称赞他的人，半晌没有说话。后来他的脸孔转向草棚门口以外，很平静地，如自对自地说道：

"事情哪有一定呢。我从前那样也不是因为我生来就是坏坯子。我家里也没有田也没有地，父亲去吃粮去了，到现在还不见音信。剩下来我和我的妈妈。老太婆瞎了眼睛不能动。我有什么法子想呢？所以我只有……"

癞痢头止住不说了。众人都寂静地期待着他的下文。

"你说下去呀！"有一个催促着他说。他停了一会，忽然转过红了的面孔，向着大家很兴奋地说道：

"你们以为我从前做小偷是乐意的吗？我要养活我的母亲，我要养活我自己，我不得不做这种事呵！可是这种事并不是容易做的。有一次我因为偷一只鸡，几乎没被两条恶狗撕掉。有一次我被捉住了，打了一个半死。这是容易做的事情吗？我曾经打了几次的主意，妈的，决意不做这种事情了，可是，他妈的，帮人家帮不掉，不做小偷只得饿死。可是我想活着，我不愿意饿死……我为什么要饿死呢？……"

众人齐向他射着同情的眼神。首先称赞他的那个结实的汉子，这时点一点头，如有所悟也似的，慨叹着说道：

"癞痢头！你说得不错。就是因为不愿意饿死的缘故，什么事都可以做出来。即如我何三宝在先喜欢赌博，人家称我赌棍，其实我也是因为没有法子才这样。我又不是个猪，谁个不愿意学好呢？如果我有田种，如果我不愁吃不愁穿，那我真愿意做一个赌棍吗？"

何三宝皱了一下眉头，沉吟了一会儿，后来继续说道：

"我本来是有田可以种的，只因为我的父亲亏欠了胡扒皮的许多债，不得已只得将几亩田卖给他了。我一家子就是被胡家弄穷了。我恨不得将胡扒皮打死才能出气……"

"听说胡扒皮的儿子胡小扒皮，"何三宝对面的一个面目很清秀的青年农人插着说道，"现在做了民团的什么排长了呢。王贵才是他带着人打死的。妈的，真冤枉！那一天晚上把他捉住了的时候，为什么不把他送回老家呢？若是那晚把他送回老家了，倒免得他现在和我们作对。"

“我们的探子报告，说他们明天就要来打我们呢。”另外一个缺着牙齿的青年这样说。何三宝不搭理他们的话，依旧继续着自己的思想说道：

“现在我明白了。这个世界是太不平了！穷人也是人，本来可以过得好日子，可是有钱的人设了许多陷网，硬逼得穷人无路可走，妈的……”

“所以现在我们要革命了。”瘌痢头接着很坚决地说道，“我们一定要弄得人人都有饭吃，人人都有田种，不准不做工的人享受现成的福气。我们怕的就是不齐心！如果我们穷人能团结起来，妈的，还怕他们什么何二老爷，李大老爷！妈的，天王爷我们都不怕！”

一直到现在沉默着的躺在草地上的那个瘦削的汉子，忽然叹了一口长气，发出很悲愤的声音说道：

“你们都说你们苦，可是你们不知道我比你们更苦呢！张举人把我家的田强买了，将我的父亲打了一顿，我的父亲被活活地气死了。我的母亲也投了水……”

瘦削的汉子如喉咙被什么东西突然地塞住了一样，很费力地咽了一口大沫，随之停住不说了。众人寂静着，默然地望着他那副苦痛着的面孔，不料从他那深陷着的眼睛里簌簌地流下珠子一般的泪来。

“你这家伙是怎么一回事？”瘌痢头急促地问他。他将老蓝布小褂子的袖口揩了一揩眼睛，然后俯视着地下的荒草，依旧如哭着也似的模样，继续说道：

“我发了誓……我要亲手将张举人杀死……可是这老东西已经死了……”

“哎哟！”瘌痢头笑起来了。“我道是怎么一回事，原来是因为这个！你这家伙真不济事，动不动就哭起来了。他家里的人还很多呢，有得你杀的……”

喀嚓一声巨雷，如就在他们的头顶上响着也似的，即时将众人惊恇住了。草棚被风吹得乱晃，使得坐在里面的人们担起心来。癞痢头伸头向外边一望，四周依旧被不可冲破的黑幕笼罩着，望不见什么影子。在雷声和风声过去了之后，忽然有一种什么哧唧哧唧的声音传到众人的耳朵里，使得他们即时警戒起来。各人握好了武器，走出草棚以外，齐向路口那边望去，见着离他们不远的地方似乎有两个人影在挪动。

"谁个！"何三宝厉声地问。没有回答。两个黑影子似乎有要逃跑的模样，可是癞痢头的枪声已经响了。只听哎呀一声，有一个黑影子倒在地下，而另外的一个飞也似的逃出了众人的视线。何三宝首先向目的物跑去，接着众人都跟了上来。果然是一个人，是一个尚在呻吟着的人……

将受了枪伤的这人拖到草棚里以后，一个小小的法庭开始了。癞痢头也不注意这人的面目怎样，伤在何处，急于开口问道：

"你这小子，你快说你是来干什么的，若有一句假话，便送你去见阎王爷！"

"请你们不要打死我？我，我说实话就是了。我是民团派来当侦探的……"

在惊神方定的众人的面孔上，展开了胜利的微笑……

五十四

从昨晚被捕的侦探的口里，自卫队得知来攻打三仙山的，并不是正式的军队，而是新编的民团。敌人的力量要比自卫队大了两倍，然因为是新编的民团，自卫队便也就不将他们放在心上。在为着气愤的火焰的燃烧着的情况之中，自卫队的队员们都表示着坚决的勇敢的态度。"妈的，杀下山去！怕什么呢？"在这一种兴奋的鼓噪的呼声中，唯有李杰的态度照常地镇静着，不大轻于说话。经过长时间的思索之后，李杰忽然为欢欣所鼓动着了，发下了命令……

又是夜晚了。阴云布满天空，黑暗笼罩着大地。三仙山的面目被隐蔽起来了，敌人无论如何也得不了三仙山上的动静。将到半夜的辰光，自卫队全体动员，悄悄地走下山去……这时驻扎在山脚下的敌人，因为日里百般的进攻而不得逞，正在沉醉于疲倦的梦里。忽然"杀呀！杀呀"的叫喊声，哗哗啪啪的枪炮声，就如山崩地裂了也似的，将他们从梦中惊醒了。有的爬起来就跑，然而受了伤，已经跑不动了。有的胆大一些的还拿起枪来抵抗，有的骇破了胆，伏着不动，胡乱地为斧头或是刀所砍死了……

自卫队的队员们个个争先，任谁个也不落后。李杰和着小和尚一道，也和其他的队员们一样，拼命地向着敌人杀去。小和尚的手里只一条和他身段长短差不多的木棍，不过这算不得他的武器，他的武器是满衣袋子里的爆竹，他拼命地将这些爆竹燃放着，在黑夜里，这种声音就好像枪炮的声音一样，在惊慌中的敌人无论如何也辨别不出来。三仙庙里所存着的爆竹，是香客们敬神用的，今夜恐怕要用去了一大半。小和尚素来就喜欢放爆竹，而今夜放爆竹以恐吓敌人，这对于他更是有兴趣的事。

敌人退去了……在照耀的火把的光中，众人看见许多敌人的死尸，有的受了伤，在地下躺着，呻吟着，不能跑动。自卫队获得了很多的枪支。李杰见着这种胜利的情形，不禁欢欣无比，发下一声凯旋的命令。不料在乱哄哄的人众之中，在不知从何处发来两响枪声之后，李杰哎哟一声倒在地下了。眼见得藏在黑暗的，为众人所不觉察的地方的敌人，这样地看清了目标……

小和尚哭叫起来了。众人围绕着躺在地下的呻吟着的李杰，一时如失了知觉也似的，都惊怔地望着，哑然不做一点儿声响。又响了两声枪声，接着又有两个自卫队的队员倒下了，这时众人才恢复了知觉，齐声喊道：

"快些！快些！我们捉拿敌人呵！"

敌人已逃跑了。在黑夜里很难追寻敌人的踪影。在四处搜索了一番之后，众人又重新失望地，悲哀地聚集起来。两个受了枪击的自卫队员已经死去了。李杰还是正呻吟着。小和尚伏在他的身上只是嘤嘤地，如死了他的亲爱的人一般，很伤心地哭泣着。队长受了伤了，他们的领袖……怎么办呢，啊？谁个也不知道怎么办！张进德一时也为这巨大的打击所震惊得不知所措，然而明白的思想终恢复了他的常态。他亲自将呻吟着的李杰背起来，在前引着众人，一步一步地走上山去……

留在庙中的三个女子和着王荣发，曾战战兢兢地将自卫队送下山去，现在正战战兢兢地等待着自卫队的回来。——的枪声，爆竹声，叫喊声，他们都听得很清楚，他们的心境比身临战场的战士们的还要不安。最后，立在庙门前的等待着的她们，终于见着自卫队走上山来了。大概是打了胜仗罢，她们想。可是不见了李杰，不，李杰还在着，可是他不能走动了，而伏在张进德的背上……天哪，这是怎么一回事呵！女人们哭起来了。

张进德将李杰放到床上躺着以后，他自己也就坐在床沿上，两眼瞪着呻吟着的受了伤的李杰，如中了魔一般，痴呆地说不出话来。小和尚跪着，伏着床沿，仍继续嘤嘤地哭泣着，那悲痛的声音会使心硬的人也落下眼泪。李杰给了众人一个巨大的惊喜，他的眼睛渐渐睁开了。他已恢复了知觉。见着围绕在床前的众人，他苦痛着的眼睛渐渐红起来了，然而他勉强着没有流出眼泪。沉吟了好一会，他开始低微地说道：

"诸位同志！我怕不能活了……"

小和尚忽然握着他的手，哭着叫道：

"李先生！你不要死呵！你不能死呵！"

李杰略微摇一摇头，充满着苦痛地说道：

"我的亲爱的小同志！小朋友！我要死了，我不能再和你在一道了……"

他的眼泪眼见得要随着这种悲哀的声音流出来时，忽地将眼睛闭上了。这时呆着的张进德，忽然如惊醒了一般，向前伸着头，接着将头摆了一摆，如哭了也似的说道：

"李同志！我们的事业还没有成功，你是我们的先生，你，你不能把我们丢开啊！"

李杰又慢慢地将眼睛睁开了。他向张进德沉吟了一会儿，声音较先前沉重了一点，说道：

"进德同志！我料不到我今晚上就被敌人打中了。我不应当死，因为……但是这又有什么办法呢？你是很能做事的，同志们都很信仰你，我希望你此后领导同志们好好地，好好地进行下去……"

忽然李杰的面孔苍白得可怕起来，他的眼睛开始射着异样的绝望的光。这时正在和何月素相抱着的毛姑，好像感到李杰快要断气也似的，即刻如疯狂了一般，将众人分开，跑至李杰的床沿前跪下，一把将他的手握起来，颤抖地说道：

"李先生！李先生！你不能死啊！我不要你离开我啊！李先生！……"

从渐渐失去光芒的李杰眼睛里，最后滴出几滴眼泪来。他企图着张一张口还说些什么，然而未说出话之前，他的眼睛往上一翻，即时就断了气……

张进德慢慢地将头低下来了。小和尚和毛姑紧紧地抱着痛哭起来。立在床前的队员们，有的呆如木鸡一般立着不动，有的低着头用袖口揩着自己的眼泪……巨大的不可尽度的悲哀裹住了众人的心灵。不知从什么地方吹来一阵阴惨的风，将摇晃着的桌子上的灯火吹灭了……

五十五

第二天的清早，张进德亲自带领着刘二麻子，吴长兴，李木匠和着老人家王荣发，在三仙山的半腰，找到了一所避风而前景开阔的地方，作为李杰和两个队员的葬地。山中也没有现成的棺木，只得在墓穴挖掘好了以后，将三人赤着体掩埋起来了。

落着丝丝的细雨。天气的阴凄符合着人们的悲哀的心境。在每个人的面容上寻不出一点愉快的痕迹来。然而没有一个人哭。张进德说，在战士的墓前只有坚决的誓语；而不应当做无力的哭泣。三位最亲爱的同志死了，他们，还生存着的人们，应当发誓为死者报仇，应当完成死者的心愿。不错，唯一的领袖李杰同志死了，给了他们以重大的打击，但是他们并不可以因此而丧气，只要大家万众一心，奋斗下去，那事业也是可以成功的……

在凄凉的半山坡下，新起了三堆黄土。从此死者永远无言地躺着了，但是生者的艰苦的路程还正长远着呢。每一个人怀着酸楚的心情，每一个人起了对于前途命运的幻想。但是战士们只有进没有退，只有向前是出路，只有努力奋斗是得到出路的唯一的方法。"同志们！我们在死者的面前发下誓来罢！"在最后的张进德的喊叫之中，众人觉得心神忽然振作起来了。愤恨代替了悲哀，誓语代替了哭泣。向前呵，同志们！……

女人们也忍住了急于要流出来的眼泪。毛姑和何月素手携着手立在李杰的墓前，很久很久地向那墓土瞪着，仿佛她们企图着看见那已掩蔽住了的面目。然而她们是望不见那个亲爱的面目了。最后何月素侧过脸来望望毛姑，毛姑也侧过脸来望望何月素。她们俩相互地看出各人眼中的深沉的悲哀，那悲哀不单是由于死了一个优秀的或是重要的同志，而且由于死了为她们女人们，所爱着的一个人。她们俩相互地明白了，各自无语地凄然低下头来，然而这时充满着她们的心的，不是爱情的嫉妒，而是一般的悲哀。

最后，众人又重新回到庙内了。需要预备着新的战争，需要预备着新的力量！死者已卸了责任，而这责任加在了他们的肩上。向前呵，同志们！……

唯有小和尚一个人还独自立在墓旁，不愿即行离去。等着众人都离开完了以后，他向李杰的墓前跪下了，开始很郑重地叽咕着，如同往日在菩萨面前拜忏的一般。

"李先生！小和尚跪在这里你知道吗？你待我很好，我无论怎样也不能忘记你。你被那天杀的什么老王八羔子打死了，我一定要替你报仇，不报仇那我就辜负你老人家了。如果你会显灵的话，千万望你在暗地里保佑我，我好找到那个天杀的混账老王八羔子报仇呵……"

小和尚说到这里，恭恭敬敬地磕了一个头，不料就在这个当儿，他听见背后有人说道：

"小和尚！你在这里干什么呀？"

小和尚吃了一惊，回过脸来一看，见是手持着一大束野花的瘌痢头，便气鼓鼓地立起身来问道：

"你管我什么事情？"

"我只问你一声，你怎的就这样气鼓着嘴？"

瘌痢头说着，将手中的一大束野花抖了一抖：

"你看，我找了这许多花来。"

"要这花干什么？"小和尚将气略平了一点这样问。

"你这小和尚真蠢！你没听过将花献在死人的墓前是顶雅致的事情

吗？我跟李先生过了许多日子，他待我很好，现在他死了，我想，我也没有别的东西来祭奠他，所以找了这许多花来放在他的面前，想他是很喜欢花的，一定会在阴间称赞我还有情义之分。你说可不是吗，小和尚？"

小和尚被癞痢头说得佩服之至，便也就在沉郁着的面容上展起微笑来，说道：

"亏得你有这个心眼儿。我倒没想到。好，我也去摘一些来……"

丝丝的细雨还是继续地飘着，但是地下并不见得十分潮湿。癞痢头也不顾及腿上的污得白色变成了灰色的裤子，照着小和尚一样地向着李杰的墓前跪下了……正在低着头采着野花的小和尚，忽然听见了癞痢头的哭声。"这小子倒很有点良心呢！……"他想。

五十六

那一晚的袭击，虽然给了民团一个重大的创伤，可是不过数日后，三仙山的脚下又增加了一连的军队。敌人的力量更加扩大起来了。虽然因为山路的险隘，敌人不容易攻上山来，可是想以现有的自卫队的力量攻下山去，那也是不可能的事。

敌人取着围困的策略，而山上的粮食快将告尽了……怎么办呢，啊？和敌人打罢，力量不够；不打罢，那岂不是坐以待毙吗？除开唯一的一条上下山的弯曲的道路而外，没有别的下山的出路，因之也就没有得到粮食的方法。如果敌人再围困一礼拜的时间，那自卫队一定都要整盘地饿死了。

怎么办呢，啊？队员们都愁苦着，谁个也想不出救急的办法。现在张进德是队长了，同志们相信他，希望他，因此他应当想出一点什么，然而和众人一样，张进德什么也没想出来。在他的沉毅的面孔上，现在布满了忧郁的阴云。他的眼睛虽然还炯炯地放着光芒，然而如果你逼近一看，那便要看出他那眼底深处的苦痛和焦虑来。但是悲观的语句从来不自他的口中发出，因为他知道他自己的地位和他对于同志们的意义。如果他也表示悲观起来，那更要馁同志们的气，这就是说，同志们更要陷入绝望了。不，无论情形是怎样的严重，境遇是怎样的艰难，他都应当鼓着同志们的气，而这英勇的气就是他们唯一的出路！

怎么办呢，啊？……张进德每逢听到这个问题时，总是很镇静地说道：

"不要紧！我自有办法。待我好好地想一想。"

但是表面的镇静总是压抑不了内心的焦虑。他说他有办法，其实他有什么办法呢？他什么办法也没有！他是在欺骗着同志们，然而他想道，这种欺骗是必要的，否则，也不知道要使一些孩子般的同志们弄到怎样的颓丧的地步！他知道，他不应当欺骗同志们，然而有时候这欺骗也是必要的啊。

他很相信同志们的，这些简单的乡下人的勇敢和纯洁，在他们的热烈的愤恨之下，他们可以拼命，可以死。但是同时他也知道，要想从他们的简单的暴动着的脑筋中，寻出一个良善的方法来，那大半也是枉然。正因为这个，他感觉自己在他们之中的重要。但是他现在也无法可想了！怎么办呢，啊？他的责任是引导他们走入生路，而不是引导他们去寻死路。寻死路那是很容易的，只要他发下一个命令杀下山去……

在日里，在夜里，他的思想没有休息。无论如何，就是把脑壳想破了，也要想出一个脱出危险的方法来！今天焦急得不过，他带领着小和尚走上三仙山的最高峰，想借此将胸怀开阔一下，顺便察看一下山前山后的情形。可是山后是绝壁千丈，没有出路！……他隐隐地望见那百里以外的邻县境内的一带蜿蜒着的山岭了。一种突然的思想使得他自对自地责骂起来：

"我这浑蛋！我为什么将他们忘记掉了呢？"

"什么事情呀，大哥？"小和尚惊异不解地问他，可是他为着突然起来的思想所包围住了，没有回答小和尚的问话。他想起了，在那蜿蜒着的一带山岭之中，聚集了千余人的如他们一样的队伍，占领了县境的大半……

"就是这样干罢！"

最后他又这样自对自地说了一句。在他的面容上眼见得展开了希望的微笑的波纹了。小和尚莫名其妙地惊瞪着他的奇异的表情，本待要开口问他，可是他已拉住了小和尚的小手，说声我们回到庙里去罢……

他即刻将自己的思想告诉同志们知道。他说，坐以待毙不是良策，而且他们孤单得很，一定要找一个出路。他说，这个出路是什么呢？就是乘着敌人的不意，拼命冲下山去，去向金刚山入伙去，在那里有很多很多的朋友……

谁个也不反对。这样就决定了。在一种新的希望之中，在这要被离开的三仙山上，他们过着最后的一夜。

第二天的黎明。队伍在云雾之中悄悄地走下三仙山了。三个女人也改变了男装，她们如普通的自卫队的队员们一样。张进德怕她们有失，特地将她们列在队伍的中间，并招呼她们前后的队员们给以照应。

敌人的营垒挡着去路。要想逃出，那便要冲过敌人的营垒。好在这时敌人都在睡梦之中，就是有几个哨兵来往，也是晕头晕脑的，没精打采快要睡去的模样。等到自卫队将队伍列好之后，张进德将手一挥，号令着一齐哑然无声地冲向前去……

因为没有预备和敌人对敌的缘故，各人拼命地以逃出敌人的营垒为目的，所以并没有响动枪炮。敌人的哨兵被杀死了。等到睡梦中的兵士们都醒来了而意识到是一回什么事的时候，自卫队已冲过营垒了。可是他们并不放手，即刻追击起来。每一个自卫队的队员都用尽所有的力量向前奔逃，毫不还击。可是枪弹从后边如雨点也似的飞来，有多少不幸的队员竟中了弹而殒命。

一点钟以后的光景，追击的敌人渐渐落后得很远了。枪声也渐渐稀少了。但是众人还不敢停留一步，仍继续着向前奔逃。等到后来觉得已离开危险的境界了，众人才渐渐地松起脚来。有的喘不过气来，有的忽然倒在地下不能走动了……张进德发下了休息的命令。

在队伍都聚集拢来了的时候，张进德点检了一番：失去了十三个男同志，一个女同志何月素……他差一点要哭出来，然而他勉力地忍住了。这个时候不是表示悲痛的时候。

"我们三个人，"毛姑红着眼睛发着哭音诉道，"本是一道跑的，何先生在起初跑得也很有劲。可是后来不知因为什么，我们便把她丢掉了。我想将她找到，可是怕敌人赶来了，来不及……"

"她本来是一个文绉绉的小姐，怎么能经得起这样拼命地跑呢？恐怕是……"

荷姐没有把话说完便咽住了。张进德低下头来，想借此免去众人看出他的红了的眼睛，悲哀的表情。他所爱着的何月素死了……勇敢的女子……良好的同志……

忽然，立在张进德旁边的，精神奕奕的小和尚将他的手腕拉了一下，很欢欣地叫道：

"大哥！大哥！你看，那不是一个人歪歪地走来了吗？那样子好像……说不定是何先生呢。"

张进德的精锐的眼光判定那人不是别个，那正是他们适才所提起的何月素。欢欣充满了他的身心，他即刻很快地迎向前去。是的，这是何月素，这是他们亲爱的何月素！她的右腿上略受了一点微伤，因此她走路歪歪的有点费力。她的面孔为着汗水所浸淋而显现着十分疲倦的苍白。但是她的眼光依旧活泼，依旧地充满着希望。见着张进德迎上前来，她不知为什么，也许是由于过于欢欣的缘故，忽然走不动了，一下子向地下坐将下来。

"张同志！我右腿受了一点伤。"她颤颤地说。张进德并没答言，走上前去，用着两只有力的臂腕将她的微小的身躯抱起来了。何月素也不反抗，两手圈起张进德的颈项。两眼闭着，她在张进德的怀抱里开始了新的生活的梦……

1930 年 11 月 5 日于吴淞